咸陽朴氏世稿

南塘 朴東贊 四代 漢詩集

南湖 朴泰錫・春石 朴昌淳
南塘 朴東贊・西溪 朴琮熙

咸陽朴氏世稿

南塘 朴東贊 四代 漢詩集

2020년 7월 15일 초판 1쇄 발행
옮긴이 ……… 강신웅
기획 · 제작 … 박용배
발행처 ……… 평민사
발행인 ……… 이정옥
주소 : 서울 은평구 수색로 340 [202호]
전화 : 02) 375-8571
팩스 : 02) 375-8573
평민사의 모든 자료를 한눈에
http://blog.naver.com/pyung1976
이메일 : pyung1976@naver.com
등록번호 제251-2015-000102호
정 가 14,000원

咸陽朴氏世稿

南塘 朴東贊 四代 漢詩集

南湖 朴泰錫(남호 박태석) · 春石 朴昌淳(춘석 박창순)
南塘 朴東贊(남당 박동찬) · 西溪 朴琮熙(서계 박종희)
강신웅 옮김

평민사

南湖 朴泰錫(朴台錫)

(1847.09.26.-1921.10.04.)

春石 朴昌淳

(1864.02.24.~1918.10.24.)

南塘 朴東贊

(1885.08.27.~1955.09.23.)

西溪 朴琮熙

(1911.07.26.~1991.06.08.)

선조님 4대 한시집을 펴내며

세월은 봄철이라 꽃피고 새가 노래하는 화창한 날,
먼 산 아지랑이 피어나고 종달새 지저귀는 고향 들판이
새삼 그리운 마음이 가득한 이때에 4대 선조님들의
한시집을 출판하게 되니 매우 기쁘고 가슴 뿌듯합니다.

산천은 고금불변인데 인걸은 떠나고 빈 고택에
봄 제비가 주인처럼 지지배배 하고 있고, 동네 지킴이
회화나무는 묵묵히 그 자리에서 떠나는 큰 선비를
지켜보았습니다.
하릴없이 떠다니는 구름 따라 세월은 잘도 가고 있으니.
중국 속담에 세월은 문틈으로 지나가는 번갯불 같다고
하더니 유수 같은 인생 잠시 머물다 가는가 봅니다.

할아버님이 명부로 떠나신 지 벌써 65년이 지났습니다.
명부에 계시는 할아버지 존경하는 마음으로 고개 숙여
손자 용배가 인사드립니다.
사랑하는 할아버지 뵙고 싶은 마음 변함이 없습니다.

해외에서 머물다 귀국하니 어느 날 꿈에 오셔서 안 보이더라
멀리 가지마라 하셨음이 생생합니다.
명부에 계시면서 손자를 잊지 않으셔서 고맙습니다.
저희 자손들도 조상님을 잊지 않고 공손히 잘 모시겠습니다.

좀 늦었지만 이번에 할아버님께서 정리해 놓은 네 분
한시 유고집을 책으로 발행했습니다.

고조 남호 박태석[朴泰錫] 남호정사
증조 춘석 박창순[朴昌淳] 교궁에서 효경 소학 강론
조부 남당 박동찬[朴東贊] 남당정사
부친 서계 박종희[朴琮熙] 풍영계 시계 회원

할아버지 매우 기쁘시지요?
조상의 넓고 깊은 학문 세계를 많은 독자분이 읽을 수
있도록 하는 것이 후손이 마땅히 해야 할 일입니다.
할아버지 손자로 태어난 게 영광스럽고 자랑스럽습니다.
명부에 계신 할아버지 사랑합니다. 안녕히 계십시오.

함양박씨 4대 한시집을 번역하여 밝은 세상으로 나올 수
있도록 도와주신 진주 경상대 강신웅 석좌 교수님께
진심으로 감사드립니다.

이 책을 발행해주신 평민사와 도와주신 모든 분들에게
감사드립니다.

2020.06.07
손자 박용배 배상

【차례】

[남당 박동찬 유고南塘 朴東贊 遺稿]

[부록]

남호 박태석 유고

南湖朴泰錫遺稿

성암省岩의 원운에 차운함

- 성암은 지금의 무장면畝長面 석전石田의 효자 오준여吳俊汝이다.

하늘이 낸 지극한 효자, 효도가 순수하게 이루어지니
시와 문장으로 그 모습 모두 드러내 밝히기 어렵네.
여막廬幕[1]에서 상을 마치니 수척하여 뼈만 남았고
상복 입고 밤낮없이 곡소리를 삼키네.
기강 무너진 지 십여 년에 사람들 모두 흐려졌는데
예법 지킨 지체 높은 집안의 그대 홀로 맑았네.
묘 아래 널찍한 바위가 있으니
때마다 성묘한다는 것으로 그 이름을 삼았네.[2]

■

1. 부모의 무덤 가까이에 지어 놓고 상제가 거처하는 초막.
2. 예컨대 '시배암時拜岩', 또는 '시성암時省岩' 같은 이름일 수 있음.

次省岩原韻今畝長面 石田 吳孝子 俊汝
차성암 원운 금무장면 석전 오효자 준여

天生至孝孝純成　　천생지효효순성
難用詩章盡發明　　난용시장진발명
廬幕終期癯立骨　　여막종기구립골
絰衰罔夜哭呑聲　　질쇠망야곡탄성
頹綱半世人皆濁　　퇴강반세인개탁
執禮高門子獨淸　　집례고문자독청
墓下盤盤岩石在　　묘하반반암석재
時時省拜以爲名　　시시성배이위명

운암雲庵의 시에 차운함

- 운암은 지금의 불갑면佛甲面 운제雲堤의 강일수姜馹秀이다.

글 읽고 예를 공부하고 선현을 벗하니
즐거움이 산림에 있어 신선이 필요 없네.
원숭이와 학도 놀랄 일 없어 속세를 잊고[1]
솔개와 물고기도 이치가 있는 것을 보고 천기를 살피네.[2]
자손들이 글을 지으니 집안에 빛이 나고
손님이 찾아오니 반가워서 샘물로 술을 빚네.
자연과 함께 하는 한 조각 마음은 구름과 함께 지내며[3]
정묘한 광채를 꼭꼭 숨기고 날마다 여유롭게 지낸다.

■

1. 남제南齊의 공치규孔稚圭가 지은 「북산이문北山移文」에 "혜초 장막은 텅 비어 밤 학이 원망하고, 산중 사람이 떠나가매 새벽 원숭이가 놀란다.[蕙帳空兮夜鶴怨 山人去兮曉猿驚]"라고 한 데서 따온 것으로, 흔히 은사隱士가 사는 곳의 배경을 묘사하는 말로 쓰인다.
2. 천지간의 만물이 자유롭게 살아가는 것을 통해서 하늘이 물物을 생육生育하는 이치를 관찰한다는 말이다. 『시경』 「한록旱麓」에 "솔개는 날아 하늘에 이르는데, 물고기는 못에서 뛰논다.[鳶飛戾天, 魚躍于淵.]"라고 하였는데, 『중용中庸』에서는 이를 두고 "아래위에 이치가 밝게 드러남을 말한 것이다."라고 해석한 바 있다.
3. 운암雲庵에 사는 것을 말함.

次雲庵韻今佛甲面 雲堤 姜馹秀
차운암 운(금불갑면 운제 강일수)

讀書講禮友先賢　　독서강례우선현
樂在山林不用仙　　악재산림불용선
猿鶴無驚忘俗世　　원학무경망속세
鳶魚有理察機天　　연어유리찰기천
子孫述作光生戶　　자손술작광생호
賓客歡欣酒釀泉　　빈객환흔주양천
一片野心雲共住　　일편야심운공주
籠籠精采日悠然　　농롱정채일유연

가을날 우연히 지음 -3수

1.

국화는 흰머리 된 나를 웃는 듯한데
무수한 저승꽃이 늘그막의 얼굴에 둘러 있네.
그윽한 집은 구름을 덮고 학과 함께 자고
맑은 시내는 달을 붙잡고 사람을 따라오네.
보리밭 갈아 내년의 생계를 준비하고
거둔 벼는 다음날 밤에 찧을 궁리를 하네.
편안함을 후손에게 남겨 줄 좋은 계책 있으니
홀로 명리名利를 초탈하고 농업에 종사하라.

秋日偶成 · 1

추일우성 · 1

黃花堪笑白頭儂　황화감소백두농
無數金錢帶晩容　무수금전대만용
幽屋被雲同鶴宿　유옥피운동학숙
淸溪籠月伴人從　청계롱월반인종
耕牟豫備明年計　경모예비명년계
納稻推謀翌夜舂　납도추모익야용
以逸遺孫良策在　이일유손량책재
獨超名利隱桑農　독초명리은상농

2.

난가리가 즐비하니 시골에 풍년 들었는데
천지 사이 차가운 소리 벌레 우는 소리로다.
가을에 밝은 것은 일천 집을 비추는 달이요
봄꽃처럼 붉은 것은 일만 산의 단풍이라.
글 잘 짓는 이는 붓을 잡고 흥을 이기지 못하고
나그네는 난간에 기대어 생각이 끝이 없네.
구름과 물 유유히 흘러 탈 없이 잘 있는가?
거문고 타고 글 읽으며 평생토록 수양하노라.

秋日偶成 · 2

추일우성 · 2

禾囷櫛比野村豊　화균즐비야촌풍
天地寒聲鳴以蟲　천지한성명이충
秋素倍輝千戶月　추소배휘천호월
春紅又入萬山楓　춘홍우입만산풍
文章秉筆興難定　문장병필흥난정
客子憑欄思不窮　객자빙란사부궁
雲水悠悠無恙在　운수유유무양재
琴書靜養百年躬　금서정양백년궁

3.
가을에 놀란 흰 살쩍이 거울 속에 드리워졌는데
세월은 하릴없이 흐르는 물을 따라가네.
단풍은 일찍 시들어 온 골짜기 볼품없고
국화는 늦게 피어 동쪽 울타리 치장했네.
사람들은 마음속에 경륜을 펼치고
북두성은 하늘 가운데서 철 따라 옮겨가네.
한 꿈이 지루하여 긴 긴 밤이 괴로우니
어느 때나 날이 밝아 푸른 눈썹을 펼까?[1]

秋日偶成 · 3
추일우성 · 3

㤼秋霜鬢鏡中垂	겁추상빈경중수
歲月謾將流水隨	세월만장유수수
紅葉早彫貧萬壑	홍엽조조빈만학
黃花晩發侈東籬	황화만발치동리
人從心上經綸布	인종심상경륜포
斗運天中節序移	두운천중절서이
一夢支離長夜苦	일몽지리장야고
那時回曙展靑眉	나시회서전청미

■
1. 푸른 눈썹을 편다는 것은 사람을 만나 반가워한다는 의미이다.

죽순

묵은 대에 싹이 나와 푸른 이끼를 뚫는데
꿋꿋하고 단단하여 티끌이 침범하지 못하네.
봄이 돌아오니 고죽국孤竹國에 충신이 나오고[1]
눈 가득한 성근 숲엔 효자가 오네.[2]
서리서리 푸른 용이 밭에 비로소 나타나고[3]
얼룩덜룩 흰 호랑이에 안개가 바야흐로 걷히네.[4]
비와 이슬에 점점 자라 열매를 맺을 수 있게 되었으니
응당 봉황이 우리 섬돌에서 노니는 것을 보게 되겠구나.[5]

■

1. 고죽국의 충신은 백이伯夷와 숙제叔齊를 말한다. 백이와 숙제는 고죽국의 두 왕자였다. 죽순을 노래하기 때문에 고죽국을 끌어왔고, 죽순이 나오는 것을 고죽국에 충절을 바친 백이와 숙제에 비유한 것이다.
2. 대숲에 있는 효자란 맹종孟宗을 가리킨다. 맹종이 모친의 병을 치료하기 위해 겨울에 죽순을 찾으러 다녔는데, 그 지성에 감동했는지 한겨울에 죽순이 나왔다는 고사를 인용한 것이다.
3. 죽순을 용에 비유한 것인데, 용이 밭에 나타나면 대인을 만날 좋은 징조[見龍在田 利見大人]라는 『주역』의 글귀를 인용한 것이다.
4. 얼룩덜룩한 백호는 반죽斑竹, 즉 얼룩무늬가 있는 대나무를 비유한 것으로 보인다.
5. 봉황이 대나무 열매[竹實]만 먹는다고 하기 때문에 이른 것이다.

竹筍
죽순

老竹生芽穿綠苔	노죽생아천록태
貞貞固固不侵埃	정정고고부침애
春回孤國忠臣出	춘회고국충신출
雪滿疎林孝子來	설만소림효자래
蜿蜿蒼龍田始見	완완창룡전시견
斑斑白虎霧方開	반반백호무방개
稍長雨露能成實	초장우로능성실
應見鳳凰遊我抬	응견봉황유아대

보리타작

우리 백성 배 불리는 건 보리의 공이로다.
질항아리에 술이 가득하니 이웃 노인 초청하네.
무성한 위衛나라 들판 보며 앞에 있던 나라 생각하고[1]
보리 우거진 은殷나라 터를 보며 옛 궁궐 생각에 마음 아프네.[2]
땅에 가득 깔린 황금[3] 빈집에 향기 풍기고
도리깨질에 먼지 일어 푸른 하늘이 어두워지네.
네 창고와 네 낟가리, 그게 누구의 공인가?[4]
모두가 비와 이슬 다스리는 하늘의 공이라네.

■

1. 멸망한 위나라 수도를 지나면서 보리가 우거진 모습을 노래한 『시경』 「하천下泉」 편을 인용한 것이다.
2. 멸망한 나라의 수도에 기장이 자라는 모습을 보면서 마음 아파하는 내용의 시 『시경』 「서리黍離」 편을 인용한 것이다.
3. 여기에서 황금은 누런 보리를 말하는 것이다.
4. 원문의 '乃倉乃積'는 곡식을 수확하여 창고에도 쌓고 낟가리도 쌓는다는 말로, 『맹자』 「양혜왕 하梁惠王 下」 5장에 나온다.

打麥
타맥

飽我生靈麥有功　포아생령맥유공
瓦樽盈酒請隣翁　와준영주청린옹
芃芃衛野念先國　봉봉위야념선국
蔪蔪殷墟傷故宮　점점은허상고궁
滿地金鋪薰白屋　만지금포훈백옥
邀枷塵起暗青空　요가진기암청공
乃倉乃積伊誰力　내창내적이수력
渾是皇天雨露公　혼시황천우로공

바둑

두 사람이 한 쌍의 오리처럼 마주 앉아
해 속의 까마귀처럼 긴 긴 날을 보내네.
가로세로 길에서 생각의 말을 달리고[1]
무겁고 가벼운 수 두면서 마음속 여우를 건드리네.[2]
상산商山에서 소매 드리우고 한가롭게 사는 봉황새요[3]
석실石室에서 도끼 자루 썩는 것은 문틈에 망아지 지나가는 것과 같네.[4]
한 판을 지고 이기는 것이 조화에 따라 나뉘니
이런 때에 그 누가 실을 푸는 거미를 알까?[5]

■
1. 바둑판에서 어디에 둘지를 생각한다는 뜻이다.
2. 이럴까 저럴까 고심한다는 뜻이다.
3. 상산의 은자인 상산사호商山四皓에 비유한 것이다.
4. 바둑 구경하다가 도끼 자루 썩는 줄 몰랐다는 왕질王質의 고사를 인용한 것이다. 문틈에 망아지 지나가는 것과 같다는 것은 어느새 휙 지나가버리는 시간을 비유한 것이다.
5. 날 저무는 줄을 모른다는 뜻이다.

圍碁
위기

兩人對坐等雙鳧　　양인대좌등쌍부
消遣長天日裏烏　　소견장천일리오
籠絡路中馳意馬　　롱락로중치의마
重輕手下涉心狐　　중경수하섭심호
商山垂袖閒棲鳳　　상산수수한서봉
石室爛柯過隙駒　　석실란가과극구
一局輸盈分造化　　일국수영분조화
方時誰識解絲蛛　　방시수식해사주

매를 놓아 줌

구름 뜬 하늘 높이 날아 매방울 소리 멀어지니
새장 안의 답답한 마음 비로소 떨치노라.
두릉杜陵[1]으로 날아 내려오는 것은 협기를 더하는 것 같고
목야牧野[2]에서 날아오르는 것은 공명을 세움이라.
백 리를 둘러보니 금빛이 구르는 듯하고[3]
먼 하늘에 날갯짓하니 눈처럼 흰빛이 펴지네.
찾아내어 채가는 기이한 재주를 사람이 가졌다면
짐승과 새 발자국은 말끔하게 없어졌으리.[4]

■

1. 서안西安에 있는 한 선제漢宣帝의 능이다.
2. 주周나라가 은殷나라를 정벌한 전쟁이 있었던 곳이다.
3. 멀리까지 살피는 매의 눈을 묘사한 것이다.
4. 사람이 모든 동물을 다 잡아서 없어졌을 것이라는 말이지만, 여기에서 짐승과 새 발자국은 곧 문자의 기원을 중의적으로 말하는 것으로 보인다. 곧 문명이 없어졌을 수도 있다는 말이 된다.

放鷹
방응

雲霄高擧遠鈴聲	운소고거원령성
始奮籠中鬱蟄情	시분롱중울칩정
飛下杜陵增俠氣	비하두릉증협기
揚來牧野樹功名	양래목야수공명
騁眸百里金光轉	빙모백리금광전
翻翮遙空雪色成	번핵요공설색성
搏擊奇才人若得	박격기재인약득
獸蹄鳥跡掃淸明	수제조적소청명

그림 속의 용

푸른 하늘에 날아올라 온 세상을 진압하는
참모습을 곱게 그려 그림 속에 거두었네.
섭공葉公[1]의 병풍 속에서처럼 꼬리를 서리고
유루劉累[2]의 집에서처럼 머리를 높이 들었네.
완연한 금빛 비늘 푸른 하늘에 오르고
문득 비단 얼굴에서 단약丹藥의 모습을 보네.
황제의 대궐에서 신령스런 그림 바치니
곤룡포에 수놓아진 그림이 옥 섬돌로 나서네.[3]

■
1. 용 그림을 좋아한 초楚나라 사람이다.
2. 용을 길렀다는 하夏나라 사람이다.
3. 임금이 용 그림을 수놓은 곤룡포를 입었다는 말이다.

畫龍
화룡

飛在靑天鎭九州	비재청천진구주
眞容五彩畵中收	진용오채화중수
葉公屛裏婉婉尾	엽공병리완완미
劉累家中矯矯頭	류루가중교교두
完轉金鱗登碧落	완전금린등벽락
却從綃面見丹流	각종초면견단류
茅獻神圖皇帝闕	모헌신도황제궐
袞衣繡出玉堦秋	곤의수출옥계추

장승

길가에 비스듬히 서서 풍상을 다 겪으니
마음속에 널찍한 못이 있는 듯하구나.[1]
지혜로운 손빈孫臏이 하얗게 찍어내어 글씨를 쓰고[2]
달아나던 조조曹操가 갑자기 맞닥뜨려 당황하였지.[3]
벌거벗은 몸이라 몸을 가릴 집을 바랄 뿐이고
먹지 못해도 곡식 창고와는 무관하다네.
넓은 진영 사방의 경계 지점 위에서
눈을 부릅뜨고 오가는 사람들을 맞이하고 보내네.

■

1. 장승의 마음이 너그럽다는 뜻이다.
2. 손빈이 방연龐涓을 함정에 빠뜨려 죽인 고사. 손빈이 나무를 깎아 하얗게 만들고 거기에 "방연이 여기에서 죽는다."라고 썼다. 밤에 방연이 희게 보이는 나무를 발견하고 불을 켜서 보았는데, 그 불빛을 신호로 손빈의 군사가 공격하여 방연의 군대를 무너뜨렸다.
3. 조조가 마을의 큰 나무를 베었다가 병을 앓게 되었다고 전해지는 고사를 인용한 것이다.

長承
장승

路傍偃蹇閱風霜	로방언건열풍상
若有心中半畝塘	약유심중반무당
智臏斫成書大白	지빈작성서대백
走操忽遇意蒼黃	주조홀우의창황
裸衣但願藏身屋	라의단원장신옥
不食無關積粟倉	부식무관적속창
廣鎭四方屯境上	광진사방둔경상
目瞋迎送去來郎	목진영송거래랑

자전거

한 바퀴로 만든 것에 장치를 달아
바람처럼 번개처럼 내달리며 거칠 것이 없네.
몸이 기울어지지 않게 앉았다 섰다 하고
발을 잘 사용하여 멈췄다 굴렀다 하네.
평소에는 나를 구름 신발 타게 하니
네 덕분에 당시에 날개옷 입은 신선 되었다.
나라마다 아무리 기이한 물건 많아도
이렇게 신통한 건 세상에 드물리라.

自輪車
자륜차

隻輪制作得關機　　척륜제작득관기
風邁電行無所違　　풍매전행무소위
身不傾危因坐立　　신부경위인좌립
足爲用理任留歸　　족위용리임류귀
敎吾平日乘雲履　　교오평일승운리
賴爾當年化羽衣　　뢰이당년화우의
各國雖多奇怪物　　각국수다기괴물
如斯神妙世間稀　　여사신묘세간희

고기잡이 불

초강楚江의 파시波市가 연燕·제齊에 접했는데
물에 뜬 집들이 술독 속의 벌레처럼 벌여 있네.
그림자가 함곡관函谷關에 어지러우니 오강烏江[1]의 항우가 들어갔고
불빛이 적벽赤壁에 연하니 위魏나라 조조가 우네.[2]
배가 뭍에 닿으니 달빛이 스며들고
돛이 긴 하늘에 걸리니 별빛이 나지막하다.
오늘 밤 불빛 같은 장관은 없으니
시인은 옛날부터 호서湖西를 말하였네.

■
1. 원문에는 '吳羽'라고 되어 있는데, '烏羽'의 오기로 보고 번역하였다.
2. 적벽대전에서 조조의 군대가 화공법에 패배한 것을 가리킨다.

漁火
어화

楚江波市接燕齊	초강파시접연제
泛宅浮家列醢鷄	범댁부가렬해계
影亂函關吳羽入	영란함관오우입
光連赤壁魏瞞啼	광련적벽위만제
船開大陸月光漏	선개대륙월광루
帆掛長天星彩低	범괘장천성채저
壯觀無如今夜火	장관무여금야화
吟人自古說湖西	음인자고설호서

취객

신풍新豊 땅의 술이 맛난데 갑자기 놀랄 일을 듣고
실컷 마시고 부축해 돌아가며 감히 큰 소리를 지르네.
흰 옥이 산처럼 쌓여 술을 사도 다하지 않으니
푸른 하늘 휘장 삼아 마음대로 횡행하네.
가득 담긴 술통 속엔 장수하는 약이 있고
백 년 사는 사람은 늙지 않는 마음이 있네.
평소에 수전노처럼 사는 사람에게 말하노니
마음 하나가 어두워져 밝아지지 못했도다.

醉客
취객

新豊酒美忽聞驚　신풍주미홀문경
痛飮扶歸敢大聲　통음부귀감대성
白璧如山沽不竭　백벽여산고부갈
靑天爲幕任橫行　청천위막임횡행
十分樽裏長生藥　십분준리장생약
百歲人間不老情　백세인간부노정
寄語平生錢守虜　기어평생전수로
一心茫昧未開明　일심망매미개명

게으른 아낙

긴 허리에 치마 걸리고 머리는 쑥대머리
때가 밀려도 평생토록 세수하는 일 드무네.
길쌈 자리 비워둔 채 북 내던지고 누웠고,
밭과 동산 늘 묵어 있는데 호미 메고 돌아가네.
낭군이 매양 꾸짖어도 얼음이 숯 만난 듯[1]
늙은 시아버지 늘 타일러도 물로 바위 치기네.
스스로 자기는 타고난 복이 없다 하면서
오뉴월 염천에 겨울옷을 입고 있네.

懶婦

나부

長腰裳掛首蓬飛　장요상괘수봉비
浮垢平生盥洗稀　부구평생관세희
紡績久空投杼臥　방적구공투저와
田園長穢荷鋤歸　전원장예하서귀
郎君每責氷逢炭　낭군매책빙봉탄
老舅常喩水激磯　로구상유수격기
自道此身無分福　자도차신무분복
炎天五月着冬衣　염천오월착동의

■

1. 얼음이 숯 만난 듯하다는 말은 '빙탄불상용氷炭不相容'이라는 말을 푼 것이다. 여기서는 남편의 말을 받아들이지 않는다는 말이다.

무오년[1] 시월에 시력을 잃고 스스로 한탄하다

훌륭히 시작하여 잘 마치는 게 참된 자연의 이치인데
어찌하여 내가 기른 나무는 봄날이 없는가?
바람에 떨어진 낙엽은 다시 붙이기 어렵고
비 맞아 시든 꽃은 다시 필 수 없다네.
혼정신성昏定晨省 하는 문 앞에 사람 그림자 끊어지고
눈물 떨구는 침상 가엔 귀뚜라미 소리만 가깝네.
내 신세 기구한 것을 평가한다면
위아래와 중간에 몇 사람이나 있을까?

戊午十月喪明後自歎
무오십월 상명 후자탄

元始利終天理眞　원시리종천리진
如何吾養樹無春　여하오양수무춘
驚風落葉還難續　경풍낙엽환난속
病雨衰花更不新　병우쇠화경부신
定省門前人影絕　정성문전인영절
淚零床畔蟀聲親　누령상반솔성친
若評身勢崎嶇者　약평신세기구자
上下中間蓋幾人　상하중간개기인

■
1. 1918년. 남호南湖의 나이 72세 때이다.

춘석 박창순 유고

春石 朴昌淳 遺稿

정사년[1] 제야除夜에 궁窮자 8개를 쓰다

손뼉을 치니 웃음이 먼저 궁해져
아이를 불러 '궁窮'자 여덟 개를 쓰게 하였다.
무슨 일로 오랫동안 곤궁함을 받았는가?
이제부터 곤궁함이 없게 하리라.
일이 닥쳤을 땐 궁색하단 말을 말고
마음을 지킬 때는 곤궁하단 생각 끊으리.
평소에 곤궁함을 좋아하지 않았으니
오늘 저녁에 이 곤궁함을 보내 버리리.

丁巳除夜寫八窮字
정사제야사팔궁자

拍手笑先窮　박수소선궁
呼兒寫八窮　호아사팔궁
緣何久受窮　연하구수궁
從此誓無窮　종차서무궁
臨事莫言窮　임사막언궁
守心已絶窮　수심이절궁
平生不好窮　평생부호궁
今夕送斯窮　금석송사궁

■
1. 1917년. 춘석春石의 나이 54세 때이다.

또 오십오 세의 느낌을 읊다

이제 손가락 꼽으며 내 나이를 세어 보니
오십오 년 동안 스스로 만든 사람이네.
좋은 계절 거푸 겪으니 단오 든 여름이요
좋은 시절 또 이르니 대보름 든 봄이로다.
산에 쌓인 얼음과 눈 옥을 간직한 듯하고
나무 저편 시골 등불 새로 꽃이 맺힌 듯.
내일 아침 빚어낼 만수무강 비는 술을
마루 위에 머리 허연 부모님께 바치리.

又感五五吟

우감오오음

今將屈指數吾身　금장굴지수오신
五十五年自作人　오십오년자작인
佳節累經端午夏　가절루경단오하
良辰又到上元春　양신우도상원춘
氷雪依山含玉蘊　빙설의산함옥온
村燈隔樹點花新　촌등격수점화신
明朝釀出無窮酒　명조양출무궁주
獻壽中堂白髮親　헌수중당백발친

연말에 일이 한가해서

배 불리고 옷 입고 마음도 여유가 있으니
온갖 가지 풍물로 내가 살아간다.
강산은 한 빛깔로 티끌 없어 보기 좋고
시골집 일만 칸에 재물과 곡식 남아도네.
세상인심의 허와 실을 살펴보고
세상일의 시빗거리를 따져 보네.
집안 가득 화기 돌고 아들 손자 있으니
지금부턴 조석으로 크게 책을 읽으리.

歲晩務閒

세만무한

穀腹絲身意自如　　곡복사신의자여
百千風物我生居　　백천풍물아생거
江山一色無塵好　　강산일색무진호
村屋萬間財粟餘　　촌옥만간재속여
閱去世情虛實裏　　열거세정허실리
論看時事是非初　　론간시사시비초
滿堂和氣兒孫在　　만당화기아손재
朝夕從來大讀書　　조석종래대독서

눈 내린 밤에 흥이 나서

고요한 밤에 바람 그치고 눈은 섬돌에 가득한데
청아하고 한가한 도道의 맛에 술 석 잔을 마시네.
소나무 아래 거문고 뜯는 전후에 아는 이 없고
매화나무 가지에 걸린 달 사이로 벗이 찾아오네.
지팡이 짚고 돌아다닌 것은 천지가 넓지 않아서가 아니요
집안을 만든 것은 필시 정종鼎鍾[1]이 돌아왔기 때문이라네.
시원한 노래 한 곡조가 유연히 일어나니
빠른 걸음으로 멀리 갈 길이 눈 아래 열려 있네.

雪夜謾興
설야만흥

夜靜風歸雪滿坮	야정풍귀설만대
淸閑道味酒三盃	청한도미주삼배
松琴前後無人識	송금전후무인식
梅月中間有友來	매월중간유우래
放杖不非天地闊	방장부비천지활
爲家必是鼎鍾廻	위가필시정종회
浩歌一曲悠然起	호가일곡유연기
驥步鵬程眼下開	기보붕정안하개

■

1. '정종'은 종명정식鍾鳴鼎食의 줄임말로, 식사 때 종을 울려 식솔들을 모으고, 솥을 벌여 놓고 식사한다는 말이다. 호사스러운 생활을 말한다.

남당 박동찬 유고

南塘 朴東贊 遺稿

도중에 짓다

우는 새 피는 꽃을 어찌할거나?
춘정이 객지생활 하는 쪽으로 지나가지 않네.
미풍에 신발 끌고 새로 난 풀을 밟고
해 질 녘 지팡이 짚고 푸른 물에 다가서네.
온 골짝에 소나무 성긴데 안개가 자욱하고
온 들판에 보리 자라 비 온 흔적 많구나.
흰 구름 덮인 그 어느 곳이 우리 집인가?
만사를 제쳐놓고 한 곡조를 부르네.

途中作
도중작

啼鳥開花是奈何　제조개화시내하
春情不向客中過　춘정부향객중과
微風曳履踏新草　미풍예리답신초
落日倚笻臨碧波　락일의공림벽파
萬壑松疎煙氣重　만학송소연기중
千郊麥茁雨痕多　천교맥줄우흔다
白雲何處吾家是　백운하처오가시
萬事都將放一歌　만사도장방일가

용호재龍湖齋를 지나며 - 2수

1.

늙은 용이 깊은 낙수洛水 가에 한가히 누웠으니[1]

얻은 곳이 구름 수레[2] 임한 곳과 무슨 관계있는가?

날은 길어져 제비 울음소리 많이 들리고

긴긴 봄날 어느새 꾀꼬리 소리 들려오네.

세 임금 모실 동안 인정받지 못하였고,[3]

일곱이 모이면 죽림칠현처럼 청담을 나누었네.

듣자니 부府 남쪽에 시를 알아주는 사람 있다 하니

살구꽃 피는 삼월에 응당 와서 찾으리라.

■

1. 송나라 정호程顥가 사마광司馬光을 전송하면서 지은 시 「증사마군실贈司馬君實」에 "두 마리 용이 낙수 가에 한가히 누웠더니, 오늘은 도성문에서 나 홀로 그대 전송하네. 현인 얻어 출처를 함께하길 바랐더니, 깊은 뜻이 백성에게 있는 줄을 알겠어라.[二龍閑臥洛波淸 今日都門獨餞行 願得賢人均出處 始知深意在蒼生]"고 한 구절을 인용한 것이다. 관직에서 물러나 지내는 것을 가리킨다.
2. '구름 수레'는 높은 관직을 말한 것이다.
3. 원문의 '荊山玉'은 형산에서 얻은 큰 옥의 원석을 바쳤으나 돌이라고 평가받아 오히려 형벌을 받았다는 '화씨지벽和氏지벽' 고사를 인용한 것이다. 곧은 선비인데 세상에서 거짓말쟁이로 평가받을 수 있다는 것을 비유한 것으로, 『한비자』 「화씨」 편에 나온다.

생룡재生龍齋를 지나며

붉은 꽃 적시던 비 막 개고 푸른 아지랑이 피어오르는데
타향의 회포는 아득하여 의지할 곳이 없네.
맑은 시내 몇 굽이에서 물고기와 서로 즐기고
세 칸짜리 오두막에 제비와 더불어 오르네.
먼 산봉우리 안개에 둘러싸여 모습을 감추고
외딴 마을 저녁연기 어려 수놓은 그림 같네.
시 짓기 부질없어 게을리 누워 자는데
문득 호재湖齋에 밤까지 등불 밝혔던 것 생각나네.

過生龍齋
과생룡재

紅濕初晴翠靄蒸　홍습초청취애증
異鄉懷抱逈無憑　이향회포형무빙
淸溪數曲魚相樂　청계수곡어상악
白屋三間鷰與登　백옥삼간연여등
遠峀潛形瘴霧擁　원수잠형장무옹
孤村繡畫暮烟凝　고촌수화모연응
詩篇渾漫慵臥眠　시편혼만용와면
忽憶湖齋繼晷燈　홀억호재계귀등

죽취정竹翠亭에 쓰다 - 2수

1.

높다란 죽취정에 물을 베고 누웠으니[1]
주인은 한가롭게 누워 영주瀛洲를 배우네.[2]
마당 가득 아가위 꽃 피니 시로 즐거움을 이루고
뜰에 가득 포도 열려 술로 시름 달래네.
긴 긴 날 손님 맞은 건 지금의 북해北海요
맑은 하늘 달을 즐긴 건 오래된 남루南樓로다.
낮은 울타리엔 철 따라 꽃이 피니
철마다 춘흥을 즐기는 놀이를 만들어 볼까나.

■

1. 물을 베고 누웠다는 말은, 진晉나라 손초孫楚가 "돌을 베개 삼아 눕고 흐르는 물로 양치질하는 생활을 하고 싶다.[枕石漱流]"고 말할 것을 잘못하여 "돌로 양치질하고 흐르는 물을 베개 삼겠다,[漱石枕流]"라고 말했다는 고사를 인용한 것이다. 은거하는 것을 말한다.
 -『진서』「손초전」 참조.
2. 영주는 신선세계에 있다는 삼신산三神山 중의 하나이다. 영주를 배운다는 것은 신선술을 배운다는 말이다.

題竹翠亭 · 1
제죽취정

竹翠高亭枕水流　죽취고정침수류
主人閒臥學瀛洲　주인한와학영주
盈庭棣萼詩成樂　영정체악시성악
滿院葡萄酒遣愁　만원포도주견수
永日迎賓今北海　영일영빈금북해
淸宵玩月古南樓　청소완월고남루
短籬獨有季花在　단리독유계화재
擬作四時春興遊　의작사시춘흥유

2.
문득 세상일을 터럭처럼 가볍게 여기고
강남에 떠도는 마음과 취미가 깨끗하네.
모기 속눈썹 같은 사람[3]은 안개에 묻혀 혼탁하고 어리석은데
조개 속의 진주 같은 사람은 달을 따라 참으로 분명하네.
일천 마을 비 그친 건 오늘 아침 빛이요
일만 나무 바람에 흔들린 건 어젯밤 소리로다.
입실入室[4]하는 건 추측건대 부추김치처럼 썼지만
성도成都에서의 지금은 이름 드날리는 때라네.

題竹翠亭 · 2
제죽취정 · 2

却將世事屬毛輕　　각장세사속모경
雲水江南氣味淸　　운수강남기미청
蚊睫汨烟多混昧　　문첩골연다혼매
蚌珠隨月正分明　　蚌주수월정분명
千村雨歇今朝色　　천촌우헐금조색
萬樹風依去夜聲　　만수풍의거야성
入室推看塩虀苦　　입실추간염첨고
成都今日是揚名　　성도금일시양명

■
3. 모기 속눈썹에 둥지를 튼다는 말을 인용한 것으로, 보잘것없는 것을 가리킨다. 진晉나라 장화張華의 「초료부鷦鷯賦」에 나온다.
4. 입실은 방에 들어간다는 말인데, 학문의 경지가 거의 이루어진 것을 말한다. 『논어』「선진」편 14장 참조.

목촌牧村 범范 선생 회갑연의 운에 삼가 차운함

용동龍洞의 지난봄에 잔치 손님 머물렀으니
응당 글과 술로 함께 유유히 즐겼으리라.
대낮에 손자 데리고 달콤하게 즐기고[1]
젊은 시절 아들 두어 많은 공을 거두었네.
연꽃이 물을 덮었는데 영험한 거북[2] 떠 있고
솔 그림자 구름과 섞여 오래된 섬[3]에서 노니네.
국화주 한 잔을 나아가 올리려 하는데
유독 나만 만 리 먼 남양南陽에서 찾노라.

■

1. 원문의 '誤'는 문맥상 '娛'의 잘못일 것으로 보고 번역하였다.
2. '영험한 거북'의 원문 '영귀靈龜는 근처의 산이나 정자 이름일 가능성 이 있다. 물에 비친 모습을 묘사한 것일 수 있음
3. 원문의 '老島'가 고유명사일 수 있음.

謹次牧村范先生晬宴韻
근차목　촌범선생　수연운

龍洞前春宴客留　　룡동전춘연객류
知應文酒共悠悠　　지응문주공유유
白日携孫甘味誤　　백일휴손감미오
青年有子衆功收　　청년유자중공수
蓮花覆水靈龜泛　　련화복수령구범
松影和雲老島遊　　송영화운로도유
一盃菊飮追將進　　일배국음추장진
我獨南陽萬里求　　아독남양만리구

죽취정竹翠亭 주인의 시에 차운함

들판에 장맛비 막 걷히고 동풍이 가벼운데
삼월[1]이라 더운 날씨 따뜻하고 청명하네.
현가絃歌를 부르니 그대가 공자에게 돌아간 줄을 알고[2]
숭정崇禎을 쓰니[3] 내가 황명皇明을 지킨다 하네.
동산의 저녁 정취 꾀꼬리 우는 삼월
서포西浦의 외딴 배에 학 울음소리 들리네.
종일토록 인의仁義의 창고[4]를 두드려 보면서
오남蓂南에서 십 년 동안 이름을 숨기고 살았노라.

■

1. 원문의 '花旭'은 삼월의 별칭이다.
2. 공자의 제자 자유子遊가 작은 고을을 도道로 다스리자 마을에서 노랫소리가 들렸다는 이야기를 인용한 것이다. 『논어』 「양화陽貨」편 4장 참조.
3. 숭정은 명나라의 마지막 연호인데, 청나라가 들어선 후에도 이 연호를 쓰는 경우가 많았으며, 그것은 명나라에 대한 의리를 지키는 것이라고 생각하였다.
4. '인의의 창고'는 사람을 가리키는 말이다.

次竹翠亭主人韻
차죽취정　주인운

野霖初歇谷風輕　야림초헐곡풍경
花旭蒸天暖更淸　화욱증천난경청
弦頌知君歸聖魯　현송지군귀성로
崇禎謂我守皇明　숭정위아수황명
東山晩興鶯三月　동산만흥앵삼월
西浦孤帆鶴一聲　서포고범학일성
盡日叩看仁義府　진일고간인의부
奠南十載久韜名　오남십재구도명

시은당時隱堂의 운에 삼가 차운함

어지러운 눈발과 모래바람에 해 저무는 것을
이쪽의 출셋길에서 가장 먼저 깨닫네.
기러기는 낌새를 살펴 높이 날아가 버리고[1]
늙은 표범은 무늬를 숨기고 짙은 안개 따라가네.[2]
낚시질하기는 오직 서쪽 위수渭水[3]가 좋고
산을 개간하는 것은 부춘富春[4]이 적당하다네.
계수나무 창가에 돌아와 누워 초은시招隱詩[5] 부르는 건
오직 선생이 있어 잘 따를 수 있네.

■

1. 원문의 '擧色'은 이상한 낌새가 있으면 새가 곧 날아가 버린다는 말이다. 『논어』 「향당鄕黨」 편 끝장 참조.
2. 훌륭한 사람은 자신을 드러내지 않는다는 뜻이다.
3. 위수 : 주周나라 강태공姜太公이 시기를 기다리며 낚시하던 강이다.
4. 부춘 : 한漢나라 엄광嚴光이 친구인 광무제光武帝를 피해 은거하던 곳이다.
5. 초은시 : 진晉나라 좌사左思가 지은 것으로, 선비들에게 은퇴하기를 권하는 내용이다.

謹次時隱堂韻
근차시은당운

亂雪驚沙適暮時	란설경사적모시
這邊要路最先知	저변요로최선지
高鴻擧色長風去	고홍거색장풍거
老豹潛文重霧隨	로표잠문중무수
釣水惟能西渭可	조수유능서위가
耕山只自富春宜	경산지자부춘의
桂窓歸臥歌招隱	계창귀와가초은
獨有先生善及推	독유선생선급추

삼가 초남樵南 오吳 선생의 원운에 차운함

흰 머리로 하릴없이 한남漢南에서 늙어가면서
초남樵南이란 이름을 높은 암자에 써 두었네.
노중련魯仲連[1]은 동해의 달을 따라 떠나고
주언조周彦祖[2]는 북산北山으로 돌아가 누웠네.
세상이 적적하여 마음속은 괴롭고
사는 집은 깊숙하여 큰 꿈이 달콤하네.
우리 임금이 단풍나무 숲속으로 찾아온다면
높은 성채 겹겹이 에워싼 곳에서 담소를 나누리라.

■

1. 노중련 : 전국시대 제나라 사람이다. 기발한 책략을 구사하여 명성을 날렸으나, 정작 자신은 부귀에 전혀 뜻을 두지 않고 바닷가로 피해 살며 고상한 절개를 지켰다.
2. 주언조 : 후한後漢 여남汝南 안성安成 사람으로 자가 언조彦祖인 주섭周燮을 가리킨다. 주군州郡에서 효렴孝廉, 현량賢良으로 천거하였으나, 모두 병을 핑계 대어 나가지 않았고, 조정에서 예물을 보내 초빙해도 "내가 동굴 속에 은거하면서 상산사호商山四皓의 행적을 따르지는 못했지만, 어떻게 부모가 사시던 곳을 멀리 떠날 수 있겠는가."라고 말하고는 끝내 벼슬길에 나가지 않았다.

謹次樵南吳先生原韻
근차초남 오선생 원운

白首無聊老漢南　　백수무료로한남
樵名仍托寫高庵　　초명잉탁사고암
魯仲去隨東海月　　로중거수동해월
周彦歸臥北山嵐　　주언귀와북산람
宇寰寂寂中心苦　　우환적적중심고
廬舍深深大夢甘　　려사심심대몽감
吾王若問楓林下　　오왕약문풍림하
高壘重圍解笑談　　고루중위해소담

서계西溪 정鄭 선생에게 올림

서산瑞山이 듬직하게 서촌西村을 향했는데
남쪽 고을의 옛 성대한 집안 우러러보네.
세간에 몸이 늙어가도 더욱 씩씩하고
천하의 일을 당하여 홀로 번거롭네.
호수의 용이 연파煙波에서 노니는 꿈을 꾸고
바다의 학은 달밤의 혼을 맑게 하네.
곡구谷口에서 몇이나 농사지을 수 있을까?
자진子眞[1] 당시의 일을 얘기하는 사람 드무네.

上西溪鄭先生
상서계정선생

瑞山磅礴向西村	서산방박향서촌
景仰南州古盛門	경앙남주고성문
身老世間堪益壯	신로세간감익장
事當天下獨頻繁	사당천하독빈번
湖龍剩做烟波夢	호룡잉주연파몽
海鶴偏淸月夜魂	해학편청월야혼
谷口幾能耕鑿在	곡구기능경착재
子眞時事少相論	자진시사소상론

■

1. 자진 : 서한西漢 말엽에 고사高士인 정자진鄭子眞이 지조를 굽히지 않고 곡구谷口란 곳에서 농사를 지으며 살았는데 그 이름이 경사京師에 진동하였다 한다.

장성長城의 이李 선생에게 올림

듣자니 예전에 오강五江[1]을 건넜다 하는데
파교灞橋의 눈물[2]이 둘도 없는 한이리라.
황하를 맑게 하면 도마圖馬가 다시 오지 않을 것이고[3]
고을 다스리는데 어찌 일찍이 모방氂狵을 보았겠는가?[4]
뜨락 가득한 소나무 그늘은 서리 내린 삿자리 엿보고
발에 오른 대나무 그림자는 저녁 창을 바꾸어 놓는다.
진사 급제는 언제 이룰 것인가?
당에 올라 헌수獻壽할 술이 항아리에 가득하네.

■

1. 오강 : 한강을 가리킨다. 한강 · 용산강 · 마포강 · 현호강 · 서강을 합해서 오강이라 한다.
2. 파교의 눈물 : 당나라 한유韓愈의 「현재유감縣齋有感」 시에 "서책을 싸들고 도성을 떠나서, 눈물을 머금고 청파를 건넜었네.[懷書出皇都, 銜淚渡淸灞.]"라고 한 데서 온 말이다. 파교는 장안長安의 남교南郊로 흐르는 파수灞水에 놓인 다리를 가리킨다. 한유는 일찍이 박학굉사과博學宏詞科에 합격하였으나 쉬 보임이 되지 않자, 마침내 경사京師를 떠나서 하양河陽으로 돌아갔다. 여기서는 운수가 기박하여 세상에 쓰이지 못했던 것을 빗대서 한 말이다.
3. 황하에서 용마龍馬가 하도河圖를 등에 지고 나왔는데, 그것이 팔괘八卦의 근원이 되었다. 여기서는 어려운 상황에서 훌륭한 일을 할 수 있게 되기도 한다는 말을 하는 것이다.
4. 작은 고을을 다스리는데 제후를 동원하는 것은 적절치 않듯이, 큰 능력이 있는 사람이 낮은 자리에 있는 것은 적절치 않음을 말하는 것이다.

上長城李先生
상장성리선생

聞道曾年渡五江	문도증년도오강
也應灞淚恨無雙	야응파루한무쌍
淸河不復來圖馬	청하부복래도마
治邑何曾見氂狵	치읍하증견모방
松凉滿院看霜簟	송량만원간상점
竹翳登簾易夕窓	죽예등렴역석창
得破天荒能有日	득파천황능유일
躋堂爲壽酒盈缸	제당위수주영항

등림재登臨齋에서 임석사林碩士와 회포를 풀다

그대와 나 만난 것이 모두 젊은 시절인데
이처럼 나를 알아주는 것은 전엔 별로 없었네.
물풀 향기 따스하니 물고기는 새로 배부르고
뽕잎 점차 돋아나니 누에가 가는 잠을 잔다.
남도에서 나돌아 다니니 한가한 세월이요
북산에 돌아와 누우니 좋은 경치로다.
뜰 모퉁이 오동나무 있는 것을 보니
빌려다 나중에 거문고 만들길 바라노라.[1]

■
1. 뜰…… 바라노라 : 상대의 아들이 장차 훌륭하게 될 것이고, 나중에 그를 자기 사위로 삼고 싶다는 의중을 드러낸 것이다.

奉敍林碩士于登臨齋
봉서림석사 우등림재

君我相逢盡少年 군아상봉진소년
若斯知己別無前 약사지기별무전
藻香方暖魚新餖 조향방난어신포
桑葉漸抽蠶細眠 상엽점추잠세면
南道出遊閒歲月 남도출유한세월
北山歸臥好風烟 북산귀와호풍연
庭除看有梧桐在 정제간유오동재
願借後來琴一邊 원차후래금일변

신봉정新鳳亭을 지나며

금서錦西에 별천지 같은 골짜기가 있는데
산수 경치 원래부터 앞줄 양보하지 않았다네.
밤비 내리니 대나무 홈통 소리 그치지 않고
새벽안개 두르니 난등蘭燈 그림자 늦어지네.
약 향기 진하게 퍼지니 병이 나을 듯하고
시 이야기 갈수록 맑아지니 잠들지 못하네.
봉황을 기다리던 조양정朝陽亭 아래에서
훗날 홀로 젊음을 유지할 그대를 부러워하네.

過新鳳亭
과신봉정

錦西別有洞中天　금서별유동중천
山水元來不讓先　산수원래부양선
竹筧聲長添夜雨　죽견성장첨야우
蘭燈影晩繞晨烟　란등영만요신연
藥香濃散欲蘇病　약향농산욕소병
詩話轉淸仍不眠　시화전청잉부면
鳳待朝陽亭下在　봉대조양정하재
羨君他日擅芳年　선군타일천방년

삼월 그믐날

묻노니 봄이 간 게 거짓이냐 참이냐
난간 밖 강물에 나그네 있구나.
촛불 아래 와서 만나 바랑 열던 밤이요
금 술잔 들고 송별할 때 종을 치던 새벽일세.
엷은 구름에 새도 잠들어 청산은 고요하고
저녁 비에 꽃잎 흩날리는데 오두막은 가난하네.
낙숫물 소리 그치고 닭 울음도 끝났는데
새벽 창가에서 끝내 의관을 벗지 않네.

三月晦日

삼월회일

問而春去假耶眞　문이춘거가야진
檻外江流有旅人　함외강류유려인
玉燭來逢開槖夜　옥촉래봉개탁야
金罍送別叩鍾晨　금뢰송별고종신
殘雲鳥宿靑山靜　잔운조숙청산정
晩雨花飛白屋貧　만우화비백옥빈
滴漏聲休鷄叫罷　적루성휴계규파
曙窓終不脫衣巾　서창종부탈의건

진호에서 같은 군郡에서 이사 온 사람을 만나다

진호眞湖에 배를 매고 덧없는 인생 한탄하며
요진要津으로 향하여 옛 친구를 찾아가네.
숙도叔度가 살던 쪽은 천 이랑이나 되게 넓고
이산夷山이 끝나는 곳 아홉 여울이 깨끗하네.
집안 명성은 광주부光州府에서 홀로 드러나고
호적은 일찍이 무읍성武邑城과 같았다네.
누각 위에서 하늘의 성한 기운을 보라
붉은 계수나무 한 가지가 찬란하게 가로질렀네.

眞湖逢同郡移居人
진호봉동군이거인

眞湖係帆歎浮生　진호계범탄부생
向去要津訪舊情　향거요진방구정
叔度居邊千頃闊　숙도거변천경활
夷山窮處九灘明　이산궁처구탄명
家聲獨闡光州府　가성독천광주부
戶版曾同武邑城　호판증동무읍성
樓上請看霄沃氣　루상청간소옥기
一枝丹桂炳然橫　일지단계병연횡

마제촌馬蹄村[1]을 지나며

산 아래서 나그네 한 난간에 올라
벽촌僻村의 시절 풍경 남들과 함께 보네.
비 갠 봄날에 복사꽃 핀 동산
안개 걷힌 달밤에 깨끗한 바위 여울.
기질이 맑아 가도賈島처럼 파리하고,
문장이 곤궁하여 맹교孟郊처럼 썰렁하네.[2]
만난 곳에서 스스로 차분한 자리 만들지 못하고
등불 아래 웃고 얘기하며 함께 두건을 젖혀 썼네.[3]

■
1. 현재의 나주시 송촌동에 있는 마을을 가리키는 것으로 보인다.
2. 원문의 '도수島瘦'와 '교한郊寒'은 파리하고 형편없다는 말이다. '島'는 당나라 때의 시인인 가도賈島를, '郊'는 맹교孟郊를 가리키는 것이다. 송나라 소식蘇軾은 그들의 시풍詩風을 '수瘦'와 '한寒'으로 평가하였다. '수瘦'는 바싹 말라 파리하다는 뜻이고, '한寒'은 옷이 남루한 비렁뱅이라는 뜻이다.
3. 두건을 젖혀 썼다는 것은 이마가 훤히 드러나게 했다는 것으로, 소탈한 태도나 격식을 차리지 않는 옷차림을 했다는 말이다.

過馬蹄村

과마제촌

山下客登欄一干	산하객등란일간
僻村時景與人看	벽촌시경여인간
春光雨歇紅桃院	춘광우헐홍도원
月影烟消白石灘	월영연소백석탄
氣質淸修稱島瘦	기질청수칭도수
文章窮困可郊寒	문장궁곤가교한
逢場自不從容席	봉장자부종용석
笑語書燈共岸冠	소어서등공안관

내동리內洞里를 지나며[1]

봄 경치 갈수록 고와 밤낮으로 아름다운데
하늘 끝에 있는 나그네 마음 처량하네.
문 가까이 바위 같은 구름 그림자가 자리를 넘보고
울타리 둘레 꽃나무 향기 거리에 가득하네.
남들은 노魯나라 윤리[2] 공부하려 북쪽 바다 건너는데
나는 한漢나라 역사 즐겨서 홀로 남쪽 물가에 있네.
그렇지만 근심과 즐거움은 시운時運에 관계되니
어느 해나 산을 대신하여 다시 땔나무를 보게 될까?

過內洞里

과내동리

春事爭姸日夕佳　춘사쟁연일석가
客心悽悵一天涯　객심처창일천애
岩雲近戶影侵座　암운근호영침좌
花木繞籬香滿街　화목요리향만가
人講魯倫能北海　인강로륜능북해
我耽漢史獨南淮　아탐한사독남회
雖然憂樂關時運　수연우악관시운
代峀何年復見柴　대수하년복견시

■
1. 내동은 지금의 영광군 군서면 남죽리에 있는 마을이다.
2. 노魯나라 윤리는 곧 유학儒學을 가리킨다.

갑마촌甲馬村을 지나며

어린 솔이 문에 닿고 어린 오동나무 뜰에 있는데
가죽띠에 베옷 입은 쓸쓸한 선비 눈이 홀연 밝아지네.
골짝 지형 어두운데 구름이 달을 가리고
하늘은 비 올 듯하여 밤에 별이 안 보이네.
옥을 세 번 안아 보면 쫄 줄을 알게 되고
술은 한 번 취하면 오래도록 깨지 않네.
묻노니 이 마을 이름이 갑마甲馬인가?
채찍 들고 일없이 가다 다시 멈추리라.

過甲馬村
과갑마촌

尺松當戶尺梧庭　척송당호척오정
韋布蕭蕭眼忽靑　위포소소안홀청
洞勢多昏雲蔽月　동세다혼운폐월
天痕欲雨夜沈星　천흔욕우야침성
玉三抱到方知琢　옥삼포도방지탁
醇一酣回久不醒　순일감회구부성
借問斯村名甲馬　차문사촌명갑마
吟鞭無事去還停　음편무사거환정

비에 발이 묶이다

비에 발이 묶여 하릴없이 먼 산만 바라보는데
종일토록 아득히 수심 어린 얼굴이네.
수촌水村 밖에 사람 소리 쓸쓸하고 적막한데
나무 빛은 아득히 운해 사이에 퍼지네.
백 리를 천 리나 먼 줄로 착각하고
세 시각을 한 시각만큼 한가롭게 여기네.
내 어쩌다 객이 되어 지금 이렇게 되었나?
농부들이 기뻐하며 돌아오는 모습을 앉아서 탄식하노라.

滯雨
체우

滯雨無聊對遠山　체우무료대원산
悠悠盡日只愁顔　유유진일지수안
人聲涔寂水村外　인성잠적수촌외
樹色滄茫雲海間　수색창망운해간
百里錯料千里遠　백리착료천리원
三時總計一時閒　삼시총계일시한
吾何爲客今如許　오하위객금여허
坐歎農夫喜抃還　좌탄농부희변환

용산龍山에 들어가며 읊다

유월에 동쪽으로 와서 옛 나루를 찾아보고
불암佛岩으로 가는 길에 진경眞境 찾기 좋아하네.
맑은 글 짓는 것은 월리月里에서 오직 한가한 선비이고
소주 마시는 건 용산龍山에서 또 친구였다네.
메추라기는 안전한 가지에 평온한 둥지를 짓는데
제비는 무슨 일로 자주 오고 가는가?
각자 시골집을 찾아뵈러 한 자리로 돌아가는데
남쪽 구름 끝까지 바라보고 다시 북극성[1] 바라보네.

入龍山吟
입룡산음

六月東來訪舊津　　륙월동래방구진
佛岩當路愛尋眞　　불암당로애심진
淸詞月里惟閒士　　청사월리유한사
白酒龍山又故人　　백주룡산우고인
鷯得安枝棲息穩　　료득안지서식온
鷰緣何事往來頻　　연연하사왕래빈
鄕幃各覲歸同席　　향위각근귀동석
望盡南雲復北震　　망진남운복북진

■
1. 원문의 ‘北震’은 ‘北辰’의 오기로 보인다. ‘震’자는 ‘津’, ‘眞’, ‘人’, ‘頻’과 운자가 맞지 않는다.

다시 한 수

행인은 다시 또 읊조리면서
용산龍山에서 하룻밤 자는데 밤비가 많이 온다.
사방 벽엔 희미하게 향 연기 피어오른 흔적
남쪽 창엔 호사가의 오래된 갓이 높이 걸려있다.
개구리 몇 마리가 뽕나무 있는 마을에서 울어대고
송아지 두 마리는 초원에서 배가 불러 돌아간다.
옛 주인이 은근히 두 밤 자고 가라 붙잡으니
내가 타향에 있는 것 같지 않네.

再
재

行人再度又吟哦　　행인재도우음아
一枕龍山夜雨多　　일침룡산야우다
四壁微痕淸篆在　　사벽미흔청전재
南窓好事古冠峨　　남창호사고관아
數蛙鳴盡靑桑里　　수와명진청상리
雙犢飽歸芳草阿　　쌍독포귀방초아
舊主慇懃留信宿　　구주은근류신숙
是身疑不在鄕他　　시신의부재향타

옥과玉果 청단리靑丹里[1]에 들러 무후사武侯祠[2]를 봉심奉審[3]하다

편백 그늘에 있는 사당 단청이 고운데
먼 길 가는 사람이 뜨락 한쪽에서 봉심을 하네.
둥근 얼굴 잘 만든 게 동해에 뜬 달과 같고
눈동자 또렷한 게 북극성이 비추는 것 같다.
푸른 나귀 타고 눈 내린 마을에 세 차례나 찾아오고
학우선鶴羽扇 들고 봄 창가에서 오경五經 읽기 마쳤다.
바라보니 생주生走[4] 이야기 다시 생각나는데
혹시 오늘날에도 또 신명을 듣게 하는가?

■
1. 지금의 곡성군 옥과면 청단리이다.
2. 무후사 : 제갈량諸葛亮을 모시는 사당이다.
3. 봉심 : 임금의 명을 받들어 능이나 사당을 보살피는 일.
4. 생주 : '사제갈주생중달死諸葛走生仲達', 즉 죽은 제갈량이 산 사마중달을 달아나게 했다는 고사를 인용한 것이다.

過玉果青丹里 拜奉審武侯祠
과옥과청단리 배봉심무후사

栢陰祠在煥丹靑 백음사재환단청
遠路行人奉半庭 원로행인봉반정
圓面完修東海月 원면완수동해월
盼眸猶照北極星 반모유조북극성
靑驢雪巷看三顧 청려설항간삼고
白鶴春窓罷五經 백학춘창파오경
一望回思生走說 일망회사생주설
儻令今日又神聽 당령금일우신청

나주 등림재登臨齋에 들러 불환정不換亭 운에 차운함

어산魚山이 깊고도 넓은데
여기에 옛사람이 살던 곳이 있네.
만족할 줄 알아서 이익을 추구하지 않고
변함없는 곤궁 속에서 모름지기 독서를 하네.
난간과 기둥은 예전 그대로 있고
꽃과 나무도 지금까지 남아 있네.
잡념 없이 오랫동안 앉아 있자니
뜬구름이 텅 빈 하늘 지나가누나.

過羅州登臨次不換亭韻
과나주등림차부환정운

魚山深且曠　어산심차광
有此古人居　유차고인거
知足不求益　지족부구익
固窮須讀書　고궁수독서
檻楹依舊在　함영의구재
卉木到今餘　훼목도금여
坐久無塵念　좌구무진념
浮雲過太虛　부운과태허

평리면平理面을 지나면서 온양 정씨溫陽鄭氏 묵암墨岩과 화답함

뽕나무 사립에 해 저무는데 주저하고 섰으니
어느결에 구름과 별 일 년이 지났네.
먼 봉우리 안개는 관동冠洞 밖으로 돌아가고
말간 여울의 물은 소나무와 대나무가 있는 강변 가로 흘러가네.
일천 문에 갠 달 비춰 밤에 서로 거닐고
삿자리에 서늘한 바람 새벽에 다시 잠이 드네.
서글프게 금대金臺의 소식이 끊어지니[1]
선비 다투는 어느 곳이 남쪽 연대燕臺[2]인가?

■

1. 금대金臺는 전국 시대 연燕나라 소왕昭王이 누대를 지은 다음 그 위에 천금千金을 쌓아 놓고 천하의 어진 선비를 초빙하였다는 곳이다. 소왕은 제齊나라가 난리를 틈타 연나라를 침공하여 임금을 죽인 것을 통한으로 여겨, 곽외郭隗를 스승으로 섬기고 악의樂毅 등 명장을 중용하여 국력을 기른 다음 제나라를 공격하여 수도 임치臨淄를 함락시켰다. 금대의 소식이 끊어졌다는 말은 나라에서 인재를 찾지 않는다는 말이다.
2. 연대 : 연나라 소왕이 지은 누대인 금대金臺의 다른 이름이다.

過平理面謹與溫陽鄭氏墨岩相和
과평리 면근여 온양정씨 묵암상화

桑扉日暮趄趦立　상비일모저자립
恍是雲星隔一年　황시운성격일년
遠峀烟歸冠洞外　원수연귀관동외
晴灘水送竹江邊　청탄수송죽강변
千門霽月宵相步　천문제월소상보
一簟涼風曉更眠　일점량풍효경면
悵望金坮消息斷　창망금대소식단
士爭何處是南燕　사쟁하처시남연

삼가 오죽헌五竹軒 원운에 차운함

푸르게 빼어나 다섯 그루 길게 자라 숲이 되니
춘풍에 수많은 손이 와서 찾는다.
갠 아침 이슬방울에서 높이 나는 새를 보고
밝은 달밤 사람 드문데 거문고 안고 오네.
옥처럼 하늘 높이 자라 굳은 절개 다투고
칼끝같이 바위 뚫고 나오니 공이 큰 줄 알겠다.
주인의 맑은 복을 어찌 꼭 물어보리
푸른색 높은 마루에서 홀로 읊조리노라.

謹次五竹軒原韻
근차오죽헌원운

碧秀五叢長作林　벽수오총장작림
春風無數客來尋　춘풍무수객래심
晴朝露滴看高鳥　청조로적간고조
明月人稀抱素琴　명월인희포소금
玉立蒼天爭節固　옥립창천쟁절고
鋒穿白石見功深　봉천백석견공심
主人淸福何須問　주인청복하수문
綠色層軒獨自吟　녹색층헌독자음

성묘 후에 읊다

오초梧初 나루 가에 사금賜琴 언덕
아름다운 우리 선산 길이 보존되었네.
바위 형세 남으로 매달려 팔두치八豆峙가 되었고
지형은 북으로 빼어나 군郡의 성문 되었네.
이전 왕조에서 세운 업적 비석에 새겨져 있고
오늘날엔 혼령들이 편안히 술잔을 받네.
묘역 안 가래나무와 소나무는 비석 아래 푸른데
오색구름은 멀리서 임금 은혜 칭송하네.

省墓後口號
성묘후구호

梧初步上賜琴原　오초보상사금원
佳麗吾山永保存　가려오산영보존
石勢南懸八豆峙　석세남현팔두치
地形北秀郡城門　지형북수군성문
前朝盛績不虧碣　전조성적부휴갈
是日靈魂安饗樽　시일령혼안향준
局內楸松牌下翠　국내추송패하취
五雲遙頌九重恩　오운요송구중은

갈계시회

푸른 산 깨끗한 집에 싸늘한 종소리 퍼지고
한 마을의 연기가 만 겹이나 뻗치네.
서늘한 들 빛에 늙은 때까치 울어대고
차가운 강물 소린 용 한 마리 누웠는 듯.
어쩌다가 흩어져 천 리 먼 곳에 사는가?
여기 와서 다시 구봉九峯을 보게 될 줄이야.
화수회 함께 하니 제자 가르치는 즐거움과 같고[1]
좋은 일에 은혜 더하니 그림이 짙구나.

葛溪詩會
갈계시회

山蒼屋白起寒鍾　산창옥백기한종
一井人烟亘萬重　일정인연긍만중
野色新凉鳴老鵙　야색신량명로격
江聲正冷臥孤龍　강성정랭와고룡
緣何散在居千里　연하산재거천리
到此還疑見九峯　도차환의견구봉
花樹與同文杏樂　화수여동문행악
恩添好事畵圖濃　은첨호사화도농

■
1. 원문의 '杏樂'은 공자가 은행나무 아래에서 제자들을 가르쳤다는 고사로 인하여 제자를 가르치는 즐거움을 가리키는 말로 쓰인다.

또

벼꽃과 무 잎이 정히 아름다운 때
늦은 비 내리는 저녁에 주렴을 드리우네.
집집이 민속 명절에 사람들 즐거워하고
곳곳의 가을 소리 나그네가 먼저 아네.
잎 사이에서 우는 꾀꼬리 깊은 숲으로 들어가고
둥지에서 지저귀는 제비는 짧은 처마 따르네.
떠돌다 고향에 돌아오니 좋지 않은 것은 아니지만
글과 술로 하는 한바탕 이별을 어찌 감내할거나?

又
우

稻花菁葉正佳時　도화청엽정가시
晩雨夕陽簾幕垂　만우석양렴막수
俗節家家人共樂　속절가가인공악
秋聲處處客先知　추성처처객선지
穿葉啼鶯深樹去　천엽제앵심수거
定巢語鷰短簷隨　정소어연단첨수
雲水還鄕非不好　운수환향비부호
忍何文酒一場離　인하문주일장리

서계 박종희 유고

西溪 朴琮熙 遺稿

※ 시는 〈풍영계시고〉에서 발췌하였습니다.

詩[1]

1.

촛불이 좌우에서 어두운 곳 비추는데
천추에 도의를 거두어들인 뜻을 추모하네.
경전과 성리학을 간직하기론 하늘이 낸 분이고
성인의 문하에서 노니는 걸 본받기론 세상에 드문 사람.
장성은 높은 산 고개를 지나기 어려운데
여러 물이 큰 바다로 함께 흐르네.
많은 선비 빨리 달려와 제사를 돕는데[2]
선생의 제사가 가장 앞에 있다네.

燭光左右照暝幽　촉광좌우조명유
追慕千秋道義收　추모천추도의수
天出能藏經理學　천출능장경리학
世稀每效聖門遊　세희매효성문유
長城難過高山峙　장성난과고산치
衆水同流大海洲　중수동류대해주
多士駿奔芬苾裡　다사준분분필리
先生祠號最居頭　선생사호최거두

■

1. 여기서부터 5수의 시는 제목이 없어 번역에 어려움이 있음.
2. 원문의 '駿奔'은 급히 달려와서 정성껏 제사 일을 돕는 것을 말한다. 『시경』「청묘淸廟」에 "하늘에 계신 분을 대하여, 신속히 달려와 사당에서 신주를 받든다.[對越在天 駿奔走在廟]"라고 한 데에서 온 말이다. 원문의 '芬苾'은 향기롭다는 말인데, 여기서는 제사음식을 가리킨다.

2.

담헌澹軒의 한 번 읊조림이 장성長城을 뒤흔드는데
선생을 기다리듯이 밝은 해 말끔하네.
긴 대나무가 집을 보호하는 것처럼 손자들 서 있고
별난 꽃이 땅에 깔린 것처럼 자식들이 온전히 이루었네.
먼 산줄기 끝난 곳에 천년 된 사당이요
물줄기 시작된 곳 찾는 것[3]은 만 리의 정이로다.
고운 새는 때를 알아 노래하는데
문장가 이른 곳에 어찌 소리 없을소냐?

澹軒一詠振長城　담헌일영진장성
如待先生白日晴　여대선생백일청
脩竹護家孫序立　수죽호가손서립
殊花敷地子完成　수화부지자완성
遠山脈落千秋祀　원산맥락천추사
流波源尋萬里情　류파원심만리정
好鳥知時歌又曲　호조지시가우곡
文章到處豈無聲　문장도처기무성

■
3. 사승 관계를 찾아 스승의 계보를 알아보는 것을 말한다.

3.

노란 국화 붉은 단풍 때는 늦은 가을이라
백양사 옛 절로 함께 머리 돌렸네.
늙은 부처 젊은 승려 서로 떨어져 있고
맑은 바람 밝은 달은 높은 다락에 있네.
일천 봉우리 솟은 형세는 높은 바위 선 것이요
한 줄기 긴 강물은 솟아난 물 흘러온 것이라.
좋은 이웃 좋은 모임 흥미가 진진하니
나중에 이 놀음을 다시 하기 기다리네.

黃菊丹楓是季秋　황국단풍시계추
白羊古寺共回頭　백양고사공회두
老佛少僧相隔處　노불소승상격처
淸風明月是高樓　청풍명월시고루
千峯起勢層岩立　천봉기세층암립
一帶長源活水流　일대장원활수류
芳隣蘭契津津興　방린란계진진흥
更待後期設此遊　갱대후기설차유

4.

무우舞雩에서 바람 쐬고 기수沂水에서 머리 감은 게 어느 때인가?[4]
늦봄만이 아니고 여름이라도 괜찮으리.
세태가 한가로운 뜻 없는 게 안타깝고
마음속엔 끝없는 시가 있어 서글프네.
술잔에 비친 붉은 그림자는 일천 조각 꽃잎이요
섬돌 가득한 맑은 그늘은 몇 가지 대나무라.
내일 아침은 응당 집에 돌아갈 날이니
여러분께 말하노니 훗날 기약 있으리라.

舞沂風浴問何時　무기풍욕문하시
非但暮春夏亦宜　비단모춘하역의
堪憐世態無閒意　감련세태무한의
怊悵情懷不盡詩　초창정회부진시
映盃紅影花千片　영배홍영화천편
滿砌淸陰竹數枝　만체청음죽수지
明朝應作歸家日　명조응작귀가일
寄語諸君有後期　기어제군유후기

■

4. 공자가 제자 증점曾點에게 뜻을 말해보라고 하자, 증점이 "늦봄에 봄옷이 다 만들어지면 어른 대여섯 명과 아이들 7, 8명이 기수에서 머리 감고 무우에서 바람을 쐬고 읊조리면서 돌아온다.[莫春者 春服旣成 冠者五六人 童子六七人 浴乎沂 風乎舞雩 詠而歸]"라고 대답하였다. 『논어』 「선진先進」편 끝장 참조.

5.

너와 함께 자연에 은거하려[5] 백사장에서 만나
단란하게 시와 술을 즐기니 흥이 끝없네.
녹음방초 우거진 맑고 화창한 계절
가랑비 오는 깊은 산에 철 늦은 꽃을 사랑하네.
약속 있어 만나기는 차가 빠르고
참모습 찾는 느린 걸음 길은 비탈져 있네.
바람 쐬고 머리 감고 읊조리며 돌아오는 일
어찌 증 씨의 집에서만 아름다운 일이랴.[6]

伴爾盟鷗會白沙　반이맹구회백사
團欒詩酒興無涯　단란시주흥무애
綠陰芳草淸和節　녹음방초청화절
細雨深山愛晩花　세우심산애만화
有約相逢車迅速　유약상봉차신속
尋眞緩步路傾斜　심진완보로경사
風乎浴矣詠歸事　풍호욕의영귀사
奚獨美於曾氏家　해독미어증씨가

■

5. 원문의 '盟鷗'는 갈매기와 벗하며 자연에 은거함을 말한다.
6. 바람…… 일이랴 : 86번 주석 참조.

[남호南湖 박 선생朴先生 궤연几筵
아래 바침]

南湖朴先生 几筵下
雲堤謹再拜哭上

文憲家中世有賢風流儒
雅逈無前今名曾參青雲
上宏博文章始達泉
自古吾鄉多善士 湖翁今
世最稱賢孝親教族孜孜
業應作 英靈地下仙
公於當年與王考逢迎論洽
魯春秋應憩知此去泉臺下
淡淡交情續舊遊
學士已云鶩不已哀章敬
把淚潸然門欄餘慶賢孫在
遺編永壽百年傳

운제雲堤가 삼가 두 번 절하고 울면서 올림

문헌공文憲公의 가문에 대대로 어진이 있었으니
풍류 있고 고상하기 전엔 전혀 없었네.
훌륭한 명성 일찍이 청운 위에 올랐고
굉박한 문장은 샘이 터진 것 같았네.

자고로 우리 고을 훌륭한 선비 많은데
남호옹南湖翁이 금세에는 가장 훌륭하다네.
효도하고 화목하며 부지런히 공부하니
응당 영령이 지하의 신선 되리라.

공은 일찍이 조부와 함께
『춘추』를 읽고서 토론하였네.
이제 저세상으로 내려간다면
담담히 정 나누며 옛날 공부 이어가리.

학사學士가 말 못 하고 놀라움 금치 못해
애사哀詞를 공경히 잡고 눈물 줄줄 흘리네.
가문에 남은 경사 어진 손자 있으니
남긴 작품 백 년토록 길이길이 전해지리.

-진주후인晉州后人 강경원姜景遠이 삼가 울면서 씀.

文憲家中世有賢　　문헌가중세유현
風流儒雅迥無前　　풍류유아형무전
令名曾參靑雲上　　영명증참청운상
宏博文章始達泉　　굉박문장시달천

自古吾鄕多善士　　자고오향다선사
湖翁今世最稱賢　　호옹금세최칭현
孝親敦族孜孜業　　효친돈족자자업
應作英靈地下仙　　응작영령지하선

公於曾年與王考　　공어증년여왕고
逢迎論洽魯春秋　　봉영론흡로춘추
應知此去泉臺下　　응지차거천대하
淡淡交情續舊遊　　담담교정속구유

學士亡云驚不已　　학사망운경불이
哀章敬把淚潸然　　애장경파루산연
門欄餘慶賢孫在　　문란여경현손재
遺編永壽百年傳　　유편영수백년전

-晉州后人진주후인 姜景遠강경원 謹哭述근곡술

을유년 1945 8월 27일[1]

회갑연 운 : 回, 開, 來, 盃, 萊

난리 겪다 말년에 회갑을 만나니
가을이라 팔월에 바다 구름 걷혔네.
장건張騫[2]이 사신 되어 다시 서쪽에 이르렀고
신포서申包胥[3]는 병사 이끌고 영郢[4] 땅으로 들어왔지.
어찌 사내를 낳았다고[5] 반드시 술을 들랴?
나라 세웠다는 소식 듣고 술을 몇 잔 마시네.
때에 맞추어 함께 즐기고 아이들도 기뻐하니
오늘은 은혜 더하여 노래자가 되리라.[6]
–남당南塘[7]

■

1. 남당南塘 박동찬朴東贊의 생일이다.
2. 전한 한중漢中 성고成固 사람이다. 한나라 무제武帝 건원建元 2년(기원전 139)에 흉노匈奴를 견제하기 위해 서방의 대월지大月氏와의 동맹을 촉진하고자 서역으로 가다가 흉노에게 잡혀 10년 동안 포로 생활을 했고, 이후 대완大宛과 강거康居를 거쳐 목적지에 다다랐지만, 뜻을 이루지 못한 채 13년 만인 원삭元朔 2년(기원전 127) 돌아왔다. 인도印度 지역과의 통로를 개척하고 동서의 교통과 문화 교류의 길을 여는 데 크게 공헌했다.
3. 중국 초楚나라 소왕昭王 때의 대부大夫이다. 초나라가 오吳나라의 침략을 받아 국가의 운명이 위태롭게 되자, 신포서가 진秦나라에 들어가 애공哀公에게 구원병을 요청하면서 7일 동안 먹지도 않고 울면서 초나라의 절박한 상황을 호소하였다. 이에 애공이 그의 정성에 감동하여 구원병을 보내어 초나라를 도와 안정시켰다.
4. 초나라의 수도.

經亂餘生見甲廻　경란여생견갑회
高秋八月海雲開　고추팔월해운개
張蹇奉使還西至　장건봉사환서지
包胥將兵入郢來　포서장병입영래
豈謂懸弧須擧酒　기위현호수거주
因聞建國少斟盃　인문건국소짐배
又時與樂兒孫喜　우시여악아손희
今日添恩作老萊　금일첨은작로래
　- 南塘

■

5. 원문의 '懸弧'는 아들이 태어났다는 말이다. 옛날에 사내아이가 태어나면 뽕나무로 만든 활을 문의 왼쪽에 걸어놓았다는 데서 유래되었다.
6. 이 말은 본인의 회갑이기도 하지만 모친이 계시기 때문에 자신도 효도하겠다는 의지를 나타낸 것이다.
7. 본인의 회갑에 본인이 지은 시인데, 이 시가 원운原韻이 되고, 이하는 이 시의 운자를 따라 짓는 형태를 띠게 된다.

행차가 큰 마을을 찾아드니
좋은 터에 회갑연이 열렸구나.
서풍은 비를 몰고 가고
남극에는 별이 떠오네.[1]
그 누가 부처가 오래 산다 하는가?
나는 친구에게 술잔을 받드네.
이 동천洞天에 가면 그만이지
어찌 꼭 봉래蓬萊[2]를 구하겠는가?
-구졸九拙 강대기姜大基

行尋大里廻　행심대리회
福地晬筵開　복지수연개
西風驅雨去　서풍구우거
南極有星來　남극유성래
誰稱佛子壽　수칭불자수
我奉故人盃　아봉고인배
卽玆洞天爾　즉자동천이
何必求蓬萊　하필구봉래
- 九拙 姜大基

■
1. 남극의 별은 노인성老人星을 가리킨다. 노인성은 사람의 장수를 관장하는 별이다.
2. 봉래는 중국에서 말하는 삼신산三神山 중의 하나로, 신선이 사는 산으로 여겨졌다.

중추가절에 회갑 날이 돌아오니
남당南堂에 성대한 잔치 다시 열기 어려우리.
종친들 어버이 기쁘게 해드리려 화수회花樹會를 열었고
친구들은 뜻이 있어 홀을 꽂고[1] 찾아왔네.
툭 트인 대문에 활과 화살 걸었고[2]
화락한 가정엔 헌수하는 술잔 올리네.
온종일 청한하여 세상 근심 잊으니
신선 구하러 어찌 꼭 봉래에 가야 할까.
-금운錦雲 봉남규奉南圭 사원士元

仲秋佳節晬辰廻　중추가절수진회
難再南堂盛宴開　난재남당성연개
宗族悅親花樹會　종족열친화수회
故人有志搢紳來　고인유지진신래
暢明門戶懸弧矢　창명문호현호시
和樂家庭獻壽盃　화락가정헌수배
一日淸閒忘世慮　일일청한망세려
求僊何必去蓬萊　구선하필거봉래
- 錦雲금운 奉南圭봉남규 士元사원

■
1. 홀을 꽂았다는 것은 벼슬아치가 되었다는 말이다.
2. 아들을 낳았다는 말이다.

철수鐵樹에 춘풍 부는 이날이 돌아오니
가지마다 잎마다 온갖 꽃이 피었구나.
아이들은 슬하에 색동옷 입고 오고
옛 친구는 자리 앞에서 술을 권해 오네.
청운의 뜻을 끊고 세적世籍[1]을 전하며
명월을 견디지 못해 더러는 시와 술을 즐기네.
마침 어지러운 세상 끝나고 태평한 시절 되니
유복한 가정에서 노래자 같은 효도를 즐기네.
-추련秋蓮 강현수姜炫秀

鐵樹春風此日廻　철수춘풍차일회
枝枝葉葉萬花開　지지엽엽만화개
兒孫膝下斑衣到　아손슬하반의도
故舊筵前勸酒來　고구연전권주래
謝絶靑雲傳世籍　사절청운전세적
未堪明月或詩盃　미감명월혹시배
時爲定亂泰平界　시위정란태평계
有福家庭歡老萊　유복가정환로래
- 秋蓮 姜炫秀

■
1. 세적 : 대대로 내려오는 집안 내력, 혹은 관향을 말한다.

난리 중에 이날이 돌아온 줄도 몰랐더니
다행히 태평한 세상이 열렸네.
아들 조카 즐겁게 술잔을 올리고
아이들도 화락하게 색동옷에 춤을 추네.
서풍 불던 지난밤은 물고기 살찌던 때요
나라 세운 오늘 아침 벼 익는 술잔이라.
남극의 정신이 남죽리南竹里에서 나오니
귀한 집에서 어찌 꼭 봉래의 신선 구하리.
-남은南隱 정윤수丁潤秀

亂中不覺此辰廻　난중부각차진회
幸得泰平世德開　행득태평세덕개
子侄歡娛獻壽至　자질환오헌수지
兒孫和樂舞斑來　아손화락무반래
西風昨夜魚肥節　서풍작야어비절
建國今朝稻熟盃　건국금조도숙배
南極精神南竹出　남극정신남죽출
貴家何必求仙萊　귀가하필구선래
- 南隱 丁潤秀

예전의 갑자甲子가 이제 또 돌아오니
맑은 가을에 회갑연이 열렸네.
안빈낙도하니 마음이 절로 즐겁고
덕을 좋아하니 복이 응당 오리라.
손님들은 아름다운 권축에 글을 쓰고
아이들은 헌수의 술잔을 올리네.
선계가 여기에 있는 줄을 알리니
어찌 꼭 봉래를 물을 것이 있으랴.
–남와南窩 박봉구朴鳳九

先甲又今回　선갑우금회
高秋晬宴開　고추수연개
安貧心自樂　안빈심자악
好德福應來　호덕복응래
賓客題華軸　빈객제화축
兒孫獻壽盃　아손헌수배
仙流知在此　선류지재차
何必問蓬萊　하필문봉래
– 南窩남와 朴鳳求박봉구

앞서 있던 을유년이 후에 다시 돌아오니
팔월이라 서풍 불 때 철수鐵樹에 꽃이 피었네.
호수에 기러기 줄지어 그림처럼 날아오고
마당엔 용이 일어나 여의주 갖고 춤을 추네.
남당 못에는 장생수長生水 물이 넘치고
감로반甘露盤엔 불로배不老盃가 올려져 있네.
산 아궁이에서 단약丹藥 만드는 솜씨 좋으니
신선을 구하는데 어찌 꼭 봉래를 물으랴.

–성천醒泉 이병학李炳學 치산雉山

先天乙酉後天回　선천을유후천회
八月西風鐵樹開　팔월서풍철수개
湖鴈齊飛同畵至　호안제비동화지
庭龍起舞併珠來　정룡기무병주래
南塘科溢長生水　남당과일장생수
甘露盤登不老盃　감로반등부노배
山竈煉丹餘有術　산조련단여유술
求僊何必問蓬萊　구선하필문봉래

–醒泉성천 李炳學이병학 雉山치산

박 남당朴南塘의 회갑 운韻에 차운함

근심 없는 이 노인 육순이 돌아오니
대추 터는 가을에 성대한 잔치 열렸네.
서쪽으로 나가는 푸른 소가 그림 위로 나아오고
남쪽으로 나는 흰 학이 곡조 속에 찾아오네.
색동옷 입고 어버이 자리 앞에 일어나 춤추니[1]
마른 얼굴로 술잔 받으며 붉은 기운 띠네.
게다가 형제들 화합하여 종일토록 즐기니
문득 신선이 봉래산蓬萊山[2]에서 내려온 듯하였네.
-상실尙實 이현구李鉉九 삼가 씀

■

1. 어버이를 위로하기 위해 칠순에도 색동옷을 입고 춤을 추었다는 노래자老萊子의 고사를 인용한 것이다.
2. 봉래산은 중국에서 말하는 삼신산三神山 중의 하나로, 신선이 사는 산으로 여겨졌다.

次朴南塘回甲韻
차박남당회갑운

無虞此老六旬回	무우차로륙순회
剝棗秋風盛宴開	박조추풍성연개
西出青牛圖上進	서출청우도상진
南飛白鶴曲中來	남비백학곡중래
斑衣起舞偏親座	반의기무편친좌
瘦面借紅衆允杯	수면차홍중윤배
又有壎篪終日樂	우유훈지종일악
却疑仙子降蓬萊	각의선자강봉래

- 尙實상실 李鉉九이현구 謹稿근고

삼가 남당南塘의 회갑연을 축하함

무궁화 피는 땅에 어느새 봄이 돌아오니
그대 집 철수鐵樹[1]에 꽃 핀 것을 보게 되네.
노인은 함관咸關을 만나 소 등을 타고 나가고[2]
손님이 적벽赤壁에서 부르니 학이 남쪽으로 오네.[3]
시와 예를 한가로이 즐기며 가문의 업적 빛내고
태평성대 함께 즐기며 헌수의 술잔 올리네.
늙음을 물리친 모친 앞에 신선 춤을 추니
죽리竹里 전 지역이 봉래산蓬萊山 되었도다.
-월산月山 아우 이기항李起沆 삼가 씀(호는 월봉月峰)

謹賀南塘晬宴
근하남당수연

槿花古域奄春回　　근화고역엄춘회
又見君家鐵樹開　　우견군가철수개
翁得咸關牛背出　　옹득함관우배출
客呼赤壁鶴南來　　객호적벽학남래
優遊詩禮光門業　　우유시례광문업
同樂昇平獻壽盃　　동락승평헌수배
却老萱堂仙子舞　　각로훤당선자무
一區竹里是蓬萊　　일구죽리시봉래

-月山월산 李弟起沆이제기항 謹稿근고 號호 月峰월봉

박 남당朴南塘 경우景祐의 회갑을 뒤늦게 축하함

세월 흘러 화갑花甲이 다시 돌아오니
육십 년 봄빛에 철수鐵樹에 꽃 피었네.
북쪽으로 가서 공부하기 여러 해에 야만을 벗어났고
남쪽으로 날린 몇 곡조에 학이 서로 찾아왔네.
바구니엔 선물 가득 자리엔 손님 가득
오래오래 사시라고 자식들 헌수의 술잔을 드네.
맑고 한가로운 곳에 살아 선계가 멀지 않으니
평지에도 봉래蓬萊가 있는 줄 그로 하여 알리라.
　-함평 후인咸平后人 이용수李龍洙 호 남은南隱

追賀朴南塘景祐回甲韻
추하박남당경우회갑운

周天花甲見重回　주천화갑견중회
六十春光鐵樹開　륙십춘광철수개
北學多年鴃自出　북학다년격자출
南飛數曲鶴相來　남비수곡학상래
承筐玉帛賓盈座　승광옥백빈영좌
獻壽岡陵子擧盃　헌수강릉자거배
棲息淸閒仙不遠　서식청한선불원
從知平地有蓬萊　종지평지유봉래
　-咸平后人함평후인 李龍洙이용수 號호 南隱남은

사문斯文 박동찬朴東贊 회갑에

철수鐵樹에 꽃이 피어 회갑이 돌아오니
사랑과 은혜에 감사하려 축하 잔치 벌였네.
색동옷에 춤추고 노래하며 차례대로 벌여 섰고
훌륭한 벗과 선비들이 줄지어 찾아오네.
젊어서는 고택에 살면서 시 짓는 공부 하고
만년에는 회갑연의 헌수 술잔에 취하네.
검은 머리 붉은 얼굴 속세 밖에 섰으니
봉래에서 신선이 내려왔나 싶구나.
-매사梅史 밀양密陽 박용근朴溶根 삼가 씀. 궁동弓洞

朴斯文東贊晬辰韻
박사문동찬수진운

花開鐵樹甲周回　화개철수갑주회
欲慰慈恩慶宴開　욕위자은경연개
彩舞絃歌循序列　채무현가순서렬
高朋賢士接踵來　고붕현사접공래
早居古宅詩玉業　조거고댁시옥업
晩醉華筵壽福盃　만취화연수복배
綠髮朱顏塵外立　녹발주안진외립
却疑仙子自蓬萊　각의선자자봉래
-梅史매사 密陽밀양 朴溶박용근 謹稿근고 弓洞궁동

박 남당朴南塘의 회갑연 시에 차운함

남당거사南塘居士의 회갑이 돌아오니
좋은 날 좋은 집에 성대한 잔치 벌였네.
일찍부터 예원藝苑에 높이 이름 날렸고
장래에는 기주箕疇[1]의 큰 복을 받으리.
장막 안에서 손님 이끌고 시를 주고받고
팔배나무 아래 손자 안고 장수를 비는 술잔 잡았네.
주국酒國의 신선 바람 그치지 않고 부니
검은 두건 흰 머리로 봉래에 앉았네.
　-월산리月山里 낭암朗菴 이기선李起璇 씀

■

1. 기주 : 기자箕子가 지었다고 하는 「홍범구주洪範九疇」를 가리키는데, 여기서는 「홍범구주」에 나오는 오복五福, 즉 수壽, 부富, 강녕康寧, 유호덕攸好德, 고종명考終命을 가리킨다.

次朴南塘晬宴韻
차박남당수연운

南塘居士甲年回　　남당거사갑년회
勝日華堂盛宴開　　승일화당성연개
藝苑高名由夙昔　　예원고명유숙석
箕疇洪福有將來　　기주홍복유장래
帳中携客迎賡韻　　장중휴객영갱운
棠下擁孫把壽盃　　당하옹손파수배
酒國仙風噓不已　　주국선풍허불이
烏巾鶴髮坐蓬萊　　오건학발좌봉래

-月山里월산리 朗菴낭암 李起璇이기선 고

삼가 남당南塘 박 사문朴斯文의 회갑연 운에 화답함

훌륭한 가문에 경삿날이 거듭 돌아오니
백발에 색동옷 입고 아가위나무 휘장[1] 열었네.
시와 예는 공자가 뜰을 지나가는 아들에게 물은 것 같고[2]
덕과 의儀는 거안제미擧案齊眉하던 맹광孟光이 온 것 같네.[3]
회갑까지 강녕한데 신산神算을 더하였고,
금성이 빛날 때까지 헌수하는 술잔 기울이네.
이렇게 좋은 날에 온 세상이 평안하니
땅 위의 신선이 다시 봉래에 숨지 않으리라.
　-함평인咸平人 아우 이병주李秉柱가 화답하여 드림

■

1. 아가위나무는 형제간의 우애를 상징하는 나무이다. 『시경』「상체常棣」편 참조.
2. 공자의 아들이 마당을 지나갈 때 공자가 불러서 시와 예를 공부했는지 묻자, 아들 이鯉가 배우지 않았다고 하였다. 그러자 공자가 시를 배우지 않으면 말을 할 수 없고, 예를 배우지 않으면 설 수 없다고 하였다. 공자가 그렇게 했듯이 이 회갑연의 주인공도 그만큼 아들을 잘 가르쳤다는 말이다. 『논어』「계씨季氏」편 참조.
3. '거안제미'는 상을 눈썹만큼 높이 든다는 말로, 남편을 공경히 받든다는 말이다. 후한 사람 양홍梁鴻의 아내 맹광孟光의 고사이다. 여기서는 회갑연 주인공의 부인을 칭송한 말이다.

謹和南塘朴斯文壽韻
근화남당박사문수운

高門喜慶日重回　　고문희경일중회
白髮斑衣棣帳開　　백발반의체장개
詩禮趍庭先聖問　　시례추정선성문
德儀齊案孟光來　　덕의제안맹광래
康寧週甲添神算　　강녕주갑첨신산
昭耀長庚倒壽盃　　소요장경도수배
際此良辰天下定　　제차양신천하정
地仙無復隱蓬萊　　지선무복은봉래

-咸平人함평인 李弟秉柱이제병주 和呈화정

삼가 남당 처사 박 형朴兄의 회갑연 시에 화답함

회갑 맞은 기쁨이 국운이 돌아온 때와 같아[1]
만세 소리 높이 외치고 축하 잔치 열었네.
갓은 진나라 때 학자들을 겁주던 때보다 더 높고
피리는 소동파가 섬에서 노닐던 때처럼 어울어지네.[2]
효도와 우애는 집안에서 인지麟趾의 복[3]을 받기를 기대하게 하고
문장은 사람들이 성현聖賢의 술잔[4]에 취한 것과 같게 하네.
모친에게 기쁨을 어떻게 바칠까?
백발에 색동옷 입고 노래자老萊子를 그리노라.
-월산月山 완산후인完山后人 이기형李起瑩이 절하고 드림

■

1. 남당의 회갑이 해방을 맞은 1945년에 있었으므로 이렇게 말한 것이다.
2. 갓은…… 어울어지네 : 학문이 진작되고 문화가 꽃필 것이라는 말이다.
3. '인지'는 '기린의 발굽'이다. 기린은 살아있는 풀을 밟지 않기 때문에 어질다고 평가를 받는다. 『시경』 「인지지麟之趾」편 참조.
4. 성현의 술잔이란 청주와 탁주를 가리킨다. 예로부터 청주를 성인에, 탁주를 현인에 비유하였다.

謹和南塘處士朴兄晬宴韻
근화남당처사박형수연운

周甲喜同國運回　주갑희동국운회
歌高萬歲慶筵開　가고만세경연개
冠過秦惻儒邊屹　관과진겹유변흘
笛和蘇遊島伴來　적화소유도반래
孝友家期麟趾祿　효우가기린지록
文章人醉聖賢杯　문장인취성현배
萱堂歡慰如何獻　훤당환위여하헌
白髮斑衣畵老萊　백발반의화로래

-月山월산 完山后人완산후인 李起瑩이기형 拜呈배정

삼가 박 형朴兄 남당南塘의 회갑연 운에 차운함

을유년 8월이 다시 돌아오니
새날을 축하하고 옛날을 생각하며 이 잔치를 열었다.
벗들은 나비가 꽃 위에 나는 듯한 글을 올리고
손님은 학이 소나무 사이에 선 듯한 그림을 가져오네.
노익장 과시하여 아들을 낳았고[1]
높은 나이 연달아 축하하여 상에 술잔 쌓이네.
색동옷 입고 장난치는 즐거움이 참으로 아름다우니
오늘날에 노래자老萊子를 다시 보는 듯하구나.
-양천陽泉의 아우 정대수丁大秀 씀

■
1. 원문의 '門設矢'는 문에 화살을 건다는 말인데, '懸弧'라고도 하며, 아들을 낳았다는 뜻이다.

謹次朴兄南塘回甲韻
근차박형남당회갑운

乙酉中秋再度回　　을유중추재도회
賀新感舊此筵開　　하신감구차연개
蝶飛花上朋詞進　　접비화상붕사진
鶴立松間客畵來　　학립송간객화래
壯志彌堅門設矢　　장지미견문설시
遐齡連祝案堆杯　　하령련축안퇴배
斑衣戱樂誠爲美　　반의희악성위미
復見伊今一老萊　　복견이금일로래

– 陽泉弟양천제 丁大정대수 稿고

공경히 남당南塘 형 회갑연 운에 차운함

인생 백 년에 한 주기가 돌아오니
모시는 사람들 잔치 여는 게 더욱 마땅하네.
다행히 산서山西엔 전쟁도 가라앉고
마침 강좌江左에선 사신이 오네.
새끼까마귀 슬피 울어도 반포反哺[1]할 줄을 알고
정작丁雀[2]은 남으로 날아 다시 술잔을 가져오네.
속세를 벗어난[3] 문장에 장수와 복록 겸했으니
신선을 구하는데 어찌 꼭 봉래를 향하랴.
-방산생放山生 김대현金大鉉이 공경히 씀.
을유년1945의 일이다.

■
1. 까마귀는 어미가 새끼에게 먹이를 물어다 준 기간만큼, 새끼가 성장한 뒤에 어미에게 먹이를 물어다 먹인다고 한다. 그것을 일러 '반포지효反哺之孝'라고 하는데, 흔히 효자에 비유한다.
2. 미상
3. 원문의 '迢俗'은 '超俗'의 오기誤記로 보인다.

敬次南塘兄晬辰韻
경차남당형수진운

人生百載一回期　　인생백재일회기
侍下尤宜甲宴開　　시하우의갑연개
幸得山西兵火息　　행득산서병화식
適仍江左使臣來　　적잉강좌사신래
子烏悲噪能知哺　　자오비조능지포
丁雀南飛更有盃　　정작남비경유배
迢俗文章兼壽福　　초속문장겸수복
求仙何必向蓬萊　　구선하필향봉래

\- 放山生방산생 金大鉉김대현 敬稿경고 乙酉年事을유년사

[散文]

풍영계시고서風詠契詩稿序

고산高山의 담대헌澹對軒은 노사蘆沙 기奇 선생[1]이 강학하던 곳이다. 당시에 강학하던 명성이 호남과 영남에 높이 떨쳐, 천 리 강역에 그의 인품과 가르침을 흠모하지 않는 이가 거의 한 사람도 없었다. 나라의 운명이 끝나고 말발굽이 이리저리 짓밟아, 온 세상이 다시는 옛날 의관衣冠에 대해 강론하는 것이 바른 학문이라고 여기지 못하게 되니, 뜻이 있는 선비들이 개탄하지 않은 적이 없었다. 그런데 다행히도 원수 왜인들이 물러가고 하늘의 해가 다시 밝아지니, 이곳에 있는 시인들이 친구들을 데리고 모임을 만드는 것을 장한 일로 여겼다. 그 뜻이 어찌 그저 근심을 풀고 슬픔을 달래며, 사물을 그대로 묘사하는 것에 그칠 뿐이겠는가? 아마도 전인前人들이 닦아온 유풍遺風을 잇고, 유학의 도의 바른 맥을 탐구하며, 유학의 본원으로 거슬러 올라가려 하는 것일 따름일 것이다.

십 년 전 을사년(1965) 여름에 우리 몇 사람이 이 모임을 만들고 이름을 '풍영계風詠契'라고 한 것은 그 깊은 뜻이 있으니 가벼이 논하기 어렵다. 그러나 또한 그 명칭은 "무우에서 바람을 쐬고 읊조리면서 돌아온다.[風乎舞雩 詠而歸]"[2]는 말에서 나온 것이 아니겠는가? 공자가 "나는 증점曾點을 인정한다.[吾與點也]"라고 감탄한 것은 대개 증점의 학문을 깊이 인정한 것이며, 그것으로 사람의 욕심이 다하는 곳에 하늘의 이치가 행해져서, 가는 곳마다 충만하여 부족함이 없다는 것을 알 수 있기 때문이었다. 그 가슴속의 포부나 기상이 유연히 곧장 천지 만물과 위아래로 함께 흘러가는 것을 상상해 보면, 수천 년 후에 태어나 수천 년 전의 뜻을 구명하려고 하는 것은 아마도 대롱으로 하늘을 엿보고 표주박으로 바닷물을 헤아리려는 것처럼 가당치 않은 일이다. 그러나 우리 같은 후학들이 만약 일에 자질구레하게 얽매이는 것을 말단이라 여기지 않고, 그 차지한 자리에 나아가서 날마다 일상을 즐긴다면, 증점이 비파를 내려놓으면서 대답한 것이 우리들의 입에서 나오지 않은 것임을 어찌 알겠는가? 그렇지 않다면 글을 짓는 일이나 말을 다듬는 일에 붙들려 공연히 봄바람이나 가을 달만을 노래한다면, 명분을 돌아보고 의리를 생각하는 데 있어서 잘못된 것이 아니겠는가?

아! 노악蘆嶽이 무너지지 않고, 용강龍江이 마르지 않는다면, 우리는 노옹蘆翁의 풍도가 그와 함께 오래 갈 것임을 알 수 있다. 어찌 저마다 함께 힘쓰지 않겠는가?

- 을묘년(1975) 8월 백로절에 학성鶴城 김상진金相晉 씀

■

1. 기정진奇正鎭, 1798~1879을 가리킨다.
2. 『논어』「선진」편에 나오는 말이다. 공자가 각자의 뜻을 묻자 증점曾點이 "늦봄에 봄옷이 다 만들어지면 어른 대여섯 명, 아이들 예닐곱 명과 함께, 기수에서 머리 감고, 무우에서 바람을 쐬고 읊조리며 돌아오겠습니다.[莫春者 春服旣成 冠者五六人 童子六七人 浴乎沂 風乎舞雩 詠而歸]"라고 대답했으며, 공자는 그 말을 한 증점을 인정하였다.

風詠契詩稿序
풍영계시고서

竊惟高山之澹對軒 蘆沙奇先生講學之所也 而當時講學之聲 掀
절유고산지담대헌 로사기선생강학지소야 이당시강학지성 흔

湖動嶺 千里疆域 幾無一人不慕其德敎者矣 自國祚訖 而蹄跡
호동령 천리강역 기무일인불모기덕교자의 자국조흘 이제적

交至 天下不復以古衣古冠講論 爲正學 則有志之士未嘗不慨嘆
교지 천하불복이고의고관강론 위정학 칙유지지사미상불개탄

焉 何幸讐倭退 而天日復明 所在詩人韻士 携朋聯儔 結社作契
언 하행수왜퇴 이천일복명 소재시인운사 휴붕연주 결사작계

以爲盛事 其意豈止於尋常舒憂娛悲 牢籠物態而已也哉 蓋將有
이위성사 기의기지어심상서우오비 뢰롱물태이이야재 개장유

以繼前修之遺風 而探斯道之正脈 溯斯學之本源焉耳
이계전수지유풍 이탐사도지정맥 소사학지본원언이

前十年乙巳夏 吾輩若干人 創立此契 名以風詠者 其意有在 寔
전십년을사하 오배약간인 창립차계 명이풍영자 기의유재 식

難輕論 然抑其名 豈非原於風乎舞雩詠而歸之語耶 夫子吾與點
난경론 연억기명 기비원어풍호무우영이귀지어야 부자오여점

也之嘆 蓋深許曾點之學 有以見夫人欲盡處 天理流行 隨處充
야지탄 개심허증점지학 유이견부인욕진처 천리류행 수처충

滿 無少欠闕也 仰想其胸次也 氣象也 悠然直與天地萬物上下
만 무소흠궐야 앙상기흉차야 기상야 유연직여천지만물상하

同流 則生乎數千載之下 而欲究明其意於數千載之上者 殆若管
동류 칙생호수천재지하 이욕구명기의어수천재지상자 태약관

窺蠡測 然爲吾末學者 苟不規規於事爲之末 而即其所居之位
규려측 연위오말학자 구불규규어사위지말 이즉기소거지위

樂其日用之常 則曾氏舍瑟之對 安知不出於吾輩之口也歟 不然
악기일용지상 칙증씨사슬지대 안지부출어오배지구야여 불연

執滯詞章之末句語之工 而徒然徵逐於春風秋月之間 則其於顧
집체사장지말구어지공 이도연징축어춘풍 추월지간 칙기어고

名思義之道 不亦左乎 噫 蘆嶽不崩 龍江不渴 吾知蘆翁之風與
명사 의지도 불역좌 호 희 로악불 붕 룡강부갈 오지로옹지풍여

之俱長矣 盍各與勉乎哉
지구 장의 합각여면호재

乙卯八月 白露節 鶴城 金相晉 序
을묘 팔월 백로절 학성 김상진 서

南塘精舍記
남당정사기

호남의 무령군武靈郡 남죽리南竹里에 사는 거사 박동찬朴東贊 씨가 작은 연못가에 정사를 짓고, 남당南塘이라는 편액을 걸었다. 내가 어느 날 그곳에 들러 편액을 올려다보고 생각나는 것이 있어 한마디 하였다. 일찍이 듣기를, 무릇 사람의 호는 자기가 글을 하는 선비임을 나타내거나, 마음속에 품은 것을 일컫는 것이다. 제대로 쓰이지 못한 사람은 문득 스스로 산속이나 물가로 물러나는데, 마음속에는 근심이 있어 번민하고 울적하여 자신을 유지하고 지키지 못한다. 철따라 우는 벌레나 새 소리, 바람과 서리에 모습이 변한 초목을 접하면, 왕왕 그 기이한 모습을 더듬어 보고, 느낌에 따라 원한을 품은 남녀의 탄식을 이야기한다. 그래서 많은 경우는 무려 수백 편을 지으니, 그 문장이 참으로 아름답고 말이 비록 솜씨가 있지만, 바른 성정을 나타내지 못한다. 그래서 순일한 학자나 엄숙한 선비가 칭찬을 들어도 마음과 눈으로 그것을 접하기를 부끄럽게 여기는 것은, 무성했던 초목이 바람에 날리거나, 듣기 좋았던 새소리가 귀를 스쳐 지나가는 것과 다를 것이 없기 때문이다. 마침내는 닳아 없어지고 말 것이니 이루 다 말할 수 있겠는가?

안회顔回 같은 사람은 누추한 집에 궁색하게 살고, 보잘것없는 밥으로 생계를 이어가면서 묵묵히 종일 바보처럼 지냈다. 그러나 당시의 다른 사람들이 추대하고 존경하는 것은 따라갈 수 없고, 다시 수천 년이 지나도 아무도 감히 거기에 미치는 사람이 없을 것이다. 그러나 그가 배우는 것은 극기복례克己復禮와 박문약례博文約禮에서부터 유전되어 내려온 것이다. 그것을 종합해서 말하면 마음이 인仁을 거스르지 않는 것이다. 삼천 년 후에도 그 혼연한 성정을 상상할 수 있는데, 그것은 바로 따사로운 바람이요 상서로운 구름이다. 거기에 누추한 집이 무슨 관여를 하였는가? 우리 그대는 이 점을 거울로 삼아 경계하여 집 주변의 작은 연못에 그것을 내건 것이고, 바라는 것은 바로 안회를 배우려는 것이니, 그 뜻이 바르다고 할 수 있다.

연못이 어찌 쓸모없는 것이겠는가? 고요하고 비어 있으며, 담박한 것이다. 옛날에 어진 이가 깨끗한 거울과 잔잔한 물로 우리 마음의 본체를 비유한 적이 있다. 그런데 거기에 구름 그림자가 떠다니니 완전히 반 무畝 크기의 거울을 대하는 것이고, 달빛이 밝게 비추니 천년의 마음을 밝히는 것이다. 새벽에 일어나 밤기운이 맑고 밝을 때 의관을 정제하고 엄연하고 정숙하게 앉아 있으면, 모든 너저분한 세상일이 담박해지고, 비루하고 인색한 마음은 사라지고 가슴속이 시원해진다. 이때 연못물에 비친 달이 마음과 만나게 되니, 이럴 때 성명性命에서 찾고 인경仁敬에 요구하게 된다. 그리하여 점점 익숙하게 되면 안회를 배우고 안회를 바라는 것이 또한 내 분수 안의 일이 되는 것이다. 그러니 남당은 우리 그대가 도道로 들어가는 문이다. 그 밖의 연못은 위아래로 가지가지 연꽃이 곱고, 난초와 국화가 향기로우니, 사물에는 각기 그에 맞는 사물이 있어 자연에 맡기는 것이다. 거기에 남당이 무슨 관여를 하였는가?

아! 내가 어려서부터 공자와 안회의 책을 약간 읽었는데, 한스러운 것은 명경지수明鏡止水 같은 마음을 갖지 못하여, 배우기를 바랐지만 만에 하나도 배우지 못했다는 것이다. 그러나 내 마음속에 없어지지 않는 것이 언제가 또렷이 남아 있으니, 그대와 함께 서로 뜻이 맞아 우호를 베푸는 데로 돌아갈 것이다. 그래서 이것으로 권면하고, 또 나 스스로 경계한다.

경진년(1940) 8월
완산完山 이강원李康元 씀

南塘精舍記 完山 李柏菴康元
남당정사기 완산 이백암강원

湖之南 武靈郡南竹里 朴居士東贊甫 築精舍于小塘之上 扁其
호지남 무령군남죽리 박거사동찬보 축정사우소당지상 편기

楣曰南塘 余一日過之 仰見楣額 有感而爲一言 嘗聞凡人之號
미왈남당 여일일과지 앙견미액 유감이위일언 상문범인지호

稱文士而懷抱 不得施用者 輒自放於山巓水涯 而內有憂思 感
칭문사이회포 부득시용자 첩자방어산전수애 이내유우사 감

憤 鬱積 不自持守 卽接候虫時鳥之喧囀 風霜草木之變態 往往
분울적 불자지수 즉접후충시조지훤전 풍상초목지변태 왕왕

探其奇怪 隨感以道怨夫恨女之歎 而多者無慮數百篇 其文章誠
탐기기괴 수감이도원부한녀지탄 이다자무려수백편 기문장성

麗矣 語言雖工矣 性情不得其正 故醇儒莊士所羞稱而不欲接於
려의 어언수공의 성정부득기정 고순유장사소수칭이부욕접어

心目之間 無異草木榮華之飄風焉 禽鳥好音之過耳也 終歸磨滅
심목지간 무이초목영화지표풍언 금조호음지과이야 종귀마멸

可勝言哉
가승언재

若顔子者 窮居陋巷 簞瓢活計 黙然終日如愚人 然當時餘子 推
약안자자 궁거루항 단표활계 묵연종일여우인 연당시여자 추

存之莫能及 更數千載下 莫之敢及 然其學業 自克己復禮博文
존지막능급 경수천재하 막지감급 연기학업 자극기복례박문

約禮上 流轉來也 而總言之 則心不違仁 百世之下 想象其渾然
약례상 유전래야 이총언지 칙심부위인 백세지하 상상기혼연

性情 則乃和風慶雲也 陋巷不與焉 吾子鑑戒于是 而卽以宅邊
성정 칙내화풍경운야 루항불여언 오자감계우시 이즉이댁변

一小塘揭之 而所願則學顔也 其義可謂正矣
일소당게지 이소원칙 학안야 기의가위 정의

塘豈徒然哉 靜虛而淡泊 昔賢嘗以鏡明水止 以譬吾心之本體
당기도연재 정허 이담박 석현상이 경명수지 이비오심 지본체

而雲影徘徊 完對半畝之(之鑑 月光照耀 孔昭千載之心 晨興而
이운영배회 완대반무지 (지감 월광조요 공소천재지심 신흥이

夜氣淸明之際 明着冠裳 儼然整肅 一切俗累淡泊 鄙吝銷落 胸
야기청명지제 명착관상 엄연정숙 일절속루담박 비린소락 흉

襟淸爽 于斯時也 方塘水月 與心相會 卽此而求諸性命 要諸仁
금청상 우사시야 방당수월 여심상회 즉차이구제성명 요제인

敬 以至漸熟 則學顔希顔 亦分內事也 然則南塘 是吾子入道之
경 이지점숙 칙학안 희안 역분내사야 연칙남당 시오자입도지

物乎 其他方塘 上下芙蕖芰荷之的歷 幽蘭藂菊之芬芳 物各付
물호 기타방당 상하부거기하지적력 유란총국지분방 물각부

物 任其自然 南塘何與焉
물 임기자연 남당하여언

吁 余亦童年以來 奉讀孔顔書畧干篇 而所恨者 不得爲鏡明水
우 여역동년이래 봉독공안서략간편 이소한자 부득위경명수

止之胸襟 願學而未能其萬一 然吾心之未泯者 常耿耿于中 而
지지 흉금 원학이미능 기만일 연오심지미민자 상경경우중 이

與子相和惠好之歸 故以是勸勉 而亦自警焉
여자 상화혜호지귀 고 이시권면 이역자경언

上章執徐八月 日
상장집서팔월 일

完山 李康元 記
완산 이강원 기

簡札

이재덕 간찰 1

인사 말씀은 생략합니다. 지난번에 헤어지고 지금까지 소식이 없었습니다. 밤에 돌아가신 후 부모님 모시면서 형제들과 잘 계시고, 가족들도 잘 계시겠지요. 그리운 마음 둘 데 없습니다. 저는 부친을 모시고 집에 돌아왔는데, 모진 목숨을 억지로 부지하고 있는 것만 해도 다행입니다.

삼가 드릴 말씀은, 아무리 권도權道를 따른 일이라고 하지만 면목이 없고 부끄러운 마음입니다. 형도 아시겠지요? 안타까움이 어찌 끝이 있겠습니까? 이른바 관례에 따른 돈은 사소한 사연이 있어 모두 내놓지 못하였습니다. 차후에 방법을 기다리는 것이 좋겠습니다.

나머지는 예를 갖추지 못하고 이만 줄입니다. 살펴 주시기 바랍니다.

계유년(1933) 12월 14일 아우 이재덕李在德 올림

간찰 1 李在德

省禮言 昨別今陪 謹不審夜回 侍中棣體候 金裕玉蘊 寶潭亦得
생례언 작별금암 근부심야회 시중체체후 김유옥온 보담역득

珍休 哀慰溸區區不任 罪弟陪親還家 頑喘掙依是幸 謹喩是雖
진휴 애위소구구 부임 죄제배친환가 완천쟁의시행 근유시수

從權之事 顔厚心愧 兄亦知之否 悵歎何極 所謂例錢 緣於些故
종권지사 안후심괴 형역지 지부 창탄하극 소위례전 연어사고

未得備擲 以待後便 如何如何 餘萬 謹不備候疏禮 尊照
미득비척 이대후편 여하여하 여만 근부비후소례 존조

癸酉十二月十四日 罪弟 李在德 拜疏
계유십이월십사일 죄제 리재덕 배소

민병승 간찰 2

지난가을에 보내 주신 편지에 답장을 보내려고 하였는데, 이번 편지에서 하신 말씀을 받고 보니 또한 의아한 생각이 듭니다. 봄날이 화창한데 공부하면서 잘 지내시는지요? 훌륭하십니다. 그런데 학문이 진보하지 않고, 스승과 벗들의 도움이 없다는 것이 걱정입니다. 지극히 한탄할 일입니다. 일찍이 주서朱書[1]를 보니, 벗들의 도움 없이 종일토록 오뚝하게 앉아 맹렬히 반성하면 겨우 어리석음을 면할 수 있다는 말이 있습니다. 주부자朱夫子처럼 훌륭한 덕을 지닌 사람도 이러한데 하물며 다른 사람들은 어떻겠습니까? 그런데 학술은 갈래가 많지만 중요한 것은 효도와 우애, 진심과 믿음, 엄숙함과 공경하는 자세로 마음을 수양하는 것으로 사람들을 가르쳐서, 그 속에 파묻혀서 실천하게 하는 것일 따름입니다. 제가 전에 가정에서 들은 것입니다. 한 번 읽어 보았는데 무슨 말인지 모르겠습니다.

저는 일 없이 산에 살면서 옛날에 공부했던 것을 복습하는 것이 마땅한데, 뜻밖의 장애가 많은 것도 괴이한 일입니다.

이만 줄이고 답장 보냅니다.

계미년(1943) 2월 17일. 민병승 올림

<추신> 당에 내건 남당南塘이라는 현판에 대해서는 지난번 편지에서 뭐라고 대답을 해야 할지 몰랐는데, 같은 이름을 쓰는 경우가 고금에 어디 한정이 있겠습니까? 다른 글자로 바꿀 필요가 없습니다. 기문은 마음이 화락할 때 써 드리겠습니다.

간찰 2 민병승

昨秋瑤函 想爲仰復 而承此所示 亦可訝也 拜審春姸 經候萬重
작 추 요 함 상 위 앙 복 이 승 차 소 시 역 가 아 야 배 심 춘 연 경 후 만 중

仰善仰善 而以學問之未進 師友之無傾助爲憂 極可歎也 曾見
앙 선 앙 선 이 이 학 문 지 미 진 사 우 지 무 경 조 위 우 극 가 탄 야 증 견

朱書中 有無朋友之助 終日兀然猛省 僅免憒憒之語 以朱夫子
주 서 중 유 무 붕 우 지 조 종 일 올 연 맹 성 근 면 궤 궤 지 어 이 주 부 자

之聖德尙如此 況餘人乎 然學術多端 而大要敎人以孝悌忠信
지 성 덕 상 여 차 황 여 인 호 연 학 술 다 단 이 대 요 교 인 이 효 제 충 신

莊敬持養 積累涵泳爲踐履之實而已 鄙昔聞於家庭者也 試一誦
장 경 지 양 적 누 함 영 위 천 리 지 실 이 이 비 석 문 어 가 정 자 야 시 일 송

之 未知謂何 承山居無事 宜爲溫理舊業 而有多意外之魔障 亦
지 미 지 위 하 승 산 거 무 사 의 위 온 리 구 업 이 유 다 의 외 지 마 장 역

可怪也 不備謝禮
가 괴 야 불 비 사 례

癸未二月十七 閔丙承 拜
계 미 이 월 십 칠 민 병 승 배

堂楣之南塘云云 前書未知如何答之 而同號者古今何限 不必改
당 미 지 남 당 운 운 전 서 미 지 여 하 답 지 이 동 호 자 고 금 하 한 부 필 개

以他字 少記 隨心和之時 草呈也
이 타 자 소 기 수 심 화 지 시 초 정 야

■

1. 주자朱子의 편지를 모아 둔 『주서절요朱書節要』를 가리킨다.

윤석진 간찰 3

인사 말씀은 생략합니다. 귀댁에 불행히도 부인의 상을 당하였다니 천만뜻밖의 일입니다. 부고를 받고 놀라움을 그칠 수 없었습니다. 가만히 생각해 보면 배필과의 정의가 깊어 슬픔이 더욱 클 것이니 어찌 견뎌낼 수 있겠습니까? 하물며 집안의 정경을 생각해 보면 슬하의 아이들은 울면서 어머니를 찾을 것이니, 틀림없이 억제하기 어려운 점이 많을 것입니다. 그리고 아드님도 아직 어리고 약한데 갑자기 이런 지경을 당했으니 지나치게 몸을 상하지나 않았는지요? 저의 여식은 달려가 곡하는 나머지 별 탈 없이 어른을 모시고 제사를 잘 지내는지요?
한 해도 저물어갑니다. 부모님 모시고 형제분들과 어떻게 지내시는지요? 그저 마음을 누그러뜨리고 감정을 억제하셔서 슬픈 마음을 달래시기를 바랄 뿐입니다.
저는 번잡한 상황에 매여서 즉시 달려가 위로하지 못하였습니다. 근심하셨던 것을 생각하면 저의 보잘것없는 진심을 둘 데가 없습니다. 이번 달 스무날 즈음에 경敬 아이를 다시 보내서 알아보게 할 생각입니다. 삼가 편지 올리며 살펴주시기만 바라고 이만 줄입니다.
신유년(1921) 12월 14일. 사제査弟 윤석진尹奭鎭 올림.

<추신> 새 달력 두 벌을 함께 보냅니다.

간찰 3 尹奭鎭윤석진

省式言 德門不幸 賢閤喪事 出於千萬夢寐之外 承訃驚愕 不能
성식언 덕문불행 현 합상사 출 어천만몽매지외 승부경악 불능

已不能已 切想伉儷義重 悲悼痛廓 何可堪勝 況復堂上情境 膝
이불능이 절상항 려의중 비도통곽 하가감승 황복당상정경 슬

下啼索 必多難抑 而胤郎弱齡稚質 遽當此境 無至過損 女息奔
하제색 필다난억 이윤랑약령치질 거당차경 무지과손 녀식분

哭之餘 亦無頉侍奠耶 歲且莫矣 不審省棣中 服體何似 只祝深
곡지여 역무이시전야 세차막의 부심성체중 복체하사 지축심

自寬抑 以慰悲念
자관억 이위비념

弟係是紛況 未卽趍慰 其於憂想 不任區區之忱 今念間 敬兒更
제계시분황 미즉추위 기어우상 불임구구지침 금념간 경아경

送 探問爲料耳 謹奉狀 仰惟鑑察 不備謹狀
송 탐문위료이 근봉상 앙유감찰 불비근상

辛酉十二月十四日 査弟 尹奭鎭 狀上
신유십이월십사일 사제 윤석진 상상

新蓂二件伴呈耳
신명이건반정이

갑진년 간찰 4

인사 말씀은 생략합니다. 귀댁에 불행한 일이 있었다니, 다시 무슨 말씀을 드리겠습니까? 말을 많이 들어서 얼굴은 드물게 보아도 항상 아분雅分[1]의 탄식이 없습니다. 다행히 빙인氷人[2]이 이끄는 대로 되어 사돈이 되었으니,[3] 가문의 영광입니다. 요즈음 상을 치르면서 어떻게 유지하고 계시는지 궁금한 마음 간절합니다. 저는 예전과 똑같이 그럭저럭 지내고 있는데, 제 처지에 그것도 다행이라 생각합니다. 어떻게 다 말씀드릴 수 있겠습니까?

드릴 말씀은, 혼례를 잘 치른 것은 양가의 경사입니다. 귀댁의 손자는 골격이 조숙해서 진晉나라의 새신랑[4]보다 못하지 않고, 행동거지가 법절이 있으니, 가히 맹자孟子 가문에서처럼 좋은 가르침을 받았다고 할 수 있습니다. 부러움을 살 만합니다. 새 정이 든 것이 아직 흡족하지 않은데 어느새 돌아가겠다고 하니, 관례가 그런 것을 어찌하겠습니까? 모든 것이 걸맞지 않아 부끄럽고 얼굴이 붉어집니다. 나머지는 멀지 않아 찾아뵙고 인사드릴 테니 이만 줄이겠습니다.

갑진년(1964) 11월 5일. 이방래李芳來 올림

[근배후소謹拜候疏][5]

■

1. 아분 : 평소의 친분.
2. 빙인은 중매해 주는 사람을 가리키는 말이다. 진나라 때 영호책令狐策이란 사람이 얼음 밑의 사람이랑 이야기를 나눈 꿈을 당시의 점쟁이인 색담索紞이 중매할 징조라고 풀이해준 고사에서 나온 말이다.
3. 원문의 '晉秦之約'은 사돈 관계를 뜻한다. 춘추 시대 진秦 나라와 진晉 나라가 대대로 혼인 관계를 맺었기 때문에 나온 말이다.
4. 새신랑은 왕희지를 가리킨다. 원문의 '坦腹'은 '坦腹'과 같으며 새신랑이라는 뜻이다. 『세설신어』에 다음과 같은 이야기가 있다. 태위 치감郗鑒이 문생을 시켜 왕도王導의 집안에서 사위를 구하도록 했다. 왕도는 동상東床에 가서 자제들을 두루 살펴보게 했다. 문생이 돌아와서 치감에게 말하기를 '왕 씨의 여러 청년이 모두 훌륭합니다. 그런데 소식을 듣고 모두가 스스로 자랑스러워했는데, 다만 오직 한 사람만이 동상에서 배를 드러내놓고 식사하며 마치 듣지 못한 듯했습니다.'라고 했다. 치감이 '바로 이 사람이 좋은 사윗감이다!'라고 했다. 그곳을 방문해 보니 곧 왕희지였다. 마침내 그를 사위로 삼았다.
5. 편지 봉투에 쓴 말로, '삼가 절하고 안부 편지 올림'이라는 뜻이다.

간찰 4 甲辰年

省禮言 德門不幸云 夫復何言 耳沃面踈 恒均無雅分之歎矣 幸
생례언 덕문불행운 부복하언 이옥면소 항균무아분지탄의 행

同氷人之導 以結晉秦之約 門欄生色 謹未審玆者 孝中哀毁之
동빙인지도 이결진진지약 문란생색 근미심자자 효중애훼지

節 何以支保 仰慰區區不任之至 生劣狀印昔 是謂私分之幸也
절 하이지보 앙위구구불임지지 생렬상인석 시위사분지행야

何可盡達
하가진달

就吉禮利成 兩家之慶幸也 令抱之骨格夙成 不下於晉床埏腹
취길례리성 량가지경행야 령포지골격숙성 불하어진상연복

而動止有節 可謂孟門之良訓也 令人可羨 新情未洽 奄然告歸
이동지유절 가위맹문지량훈야 령인가선 신정미흡 엄연고귀

例也 奈何 凡百未稱 愧赬愧赬耳 餘在非久間晉拜慰問 不備踈
례야 내하 범백미칭 괴정괴정이 여재비구간진배위문 불비소

禮
례

甲辰至月五日 生 李芳來 拜踈
갑진지월오일 생 이방래 배소

[謹拜候踈근배후소]

이명섭 간찰 5

진창길에 헤어진 것이 마치 큰 바다에서 헤어진 것 같습니다. 이때 이 마음이 되면 길 가는 사람이 편안하지 않은데 앉아 있는 사람이 편안하겠습니까? 엄동설한에 여행은 잘 마치셨는지요? 모두 기쁜 소식이기를 기대하고 기원합니다. 저는 여전합니다.
드릴 말씀은 귀댁의 아드님이 일찍 문장을 이루고 가정 교육이 억지로 이루어진 모습을 보이지 않습니다. 공경히 축하를 드리는 것이 갑자기 데리고 가느니만 못할 것인데, 그 또한 허전합니다. 다만 주인집 가족 중에 칭찬할 만한 사람이 없으니 부끄럽습니다. 바라옵건대 꾸짖는 편지는 하지 마십시오. 살펴 주시기만 바라고 편지 올립니다.
병인년(1926) 11월 24일. 아우 이명섭李明燮
[근배상장謹拜上狀 명明][1]

■
1. 편지 봉투에 쓴 말로, '삼가 두 번 절하고 안부 편지 올림'이라는 뜻이다.

간찰 5 李明燮이명섭

泥濘別如大洋 所臨此時此情 行駕之不安 居之者安乎 未審雪
니녕별 여대양 소림차 시차정 행가지불안 거지자안호 미심설

沍 行旆吉稅 而大都展禧 仰溸馳祝 弟身子如之而已 就允賢文
호 행패길세 이대도전희 앙소치축 제신자여지이이 취윤현문

華夙就 不見庭訓之陶成 敬賀不若遽爾旋携 亦頓缺然 但主家
화숙취 불견정훈지도성 경하불약거이선휴 역돈결연 단주가

族 率 無可稱 令人代慚 望須休責書 只希尊亮 上狀
족 솔 무가칭 령인대참 망수휴책서 지희존량 상장

丙寅至陽念四日 弟 李明燮
병인지양념사일 제 이명섭

[謹拜上狀근배상장 明명]

이균철李均澈 간찰 6

연달아 술잔을 올리고 가르침을 받은 것은 예를 지켰다고 하는 것에 지나지 않습니다만, 평소의 생각이 마음속에 맴돌고 있는 것입니다. 돌아오신 후에 바람과 눈 때문에 피곤하지 않으신지요? 가족들 모두 건강한지 마음속으로 그리워하고 있습니다. 저는 모시고 있는 조부모님도 편안히 지내셔서 다행입니다.

아뢸 말씀은, 댁의 아드님 덕과 도량을 예전부터 부러워하고 있었는데, 성인이 되고 나니 또 마음씨가 더욱더 훌륭합니다. 사위로 삼는 예는 저절로 분명한데, 어찌 큰 성인의 입장으로 새 사람 모습 때문에 그만두고 떠날 수 있겠습니까? 날마다 정성을 입어, 윤이 나는 것이 읽어서 아는 것보다 더 은택을 입는다는 것은 근거 없는 말이 아닙니다.[1] 돌아가는 망아지를 아직 매어두지 못하였으니,[2] 이것은 옛사람의 관례에서 나온 것입니다. 아쉽고 허전한 생각 속에 잠자코 있을 뿐입니다. 다만 뒤이어 만나게 되기를 바라고, 건강하게 잘 계시기를 빕니다. 이만 줄이고 편지 올립니다.

병인년(1926) 11월 24일 사위 이균철李均澈 올림.

[근재배상후장謹再拜上候狀][3]

■

1. 이 부분은 뜻이 분명하지 않음.
2. 떠나는 것을 붙잡지 못하였다는 말이다.
3. 편지 봉투에 쓴 말로, '삼가 두 번 절하고 안부 편지 올림'이라는 뜻이다.

간찰 6 李均澈

聯卺拜誨 不過曰禮 而平昔下懷渟蓄于中者 伏未審○○ 氣體
련근 배회 불과왈례 이평석하회정축우중자 복미심 ○○ 기체

候 返駕餘不以風雪之謔爲憊 而寶潭泰旺 伏溸區區 不勝慕仰
후 반가여불이풍설지학위비 이보담태왕 복소구구 부승모앙

之忱 婦生重省候誦寧 伏幸 伏白 允兄德器 宿素仰羨 而旣責
지침 부생중성후 송녕 복행 복백 윤형덕기 숙소앙선 이기책

成人 又倍心品 東床之禮 自若分明 底爲大成人地所不以新人
성인 우배심품 동상지례 자약분명 저위대성인지소 불이신인

樣止去爲 耳箇口承款發澤 益多勝讀知 非浪言也 歸駒未縶 寔
양지거위 이개구승관 발택 익다승독지 비랑언야 귀구미집 식

出古人例也 悵缺思量中 默默而已 只伏望從踵薄接 伏祝氣體
출고인 례야 창결 사량중 묵묵이이 지복망종종박접 복축기체

聯旺謐勝 不備伏惟上
연왕밀승 불비복유상

丙寅至月卄四日 婦生 李均澈 再拜
병인지월입사일 부생 이균철 재배

[謹再拜上候狀근재배상후상]

이주섭 간찰 7

처음 인사를 하자마자[1] 돌이켜 멀리 헤어지게[2] 되니 마음이 매우 우울합니다. 더구나 계절이 바뀌니 더욱 마음속에 쌓여 있습니다. 사형께서는 부모님 모시고 형제들과 어떻게 지내시는지요. 부인께서도 잘 지내시겠지요? 감축드립니다. 저는 여전합니다.

드릴 말씀은, 아드님 용모와 거동이 마음속에 남아 있어 눈에 삼삼합니다. 재요再邀는 풍속에 따른 관례인데, 이번에 가는 것은 볼품없는 놀란 얼굴에서 나온 것일 뿐입니다. 보내주시고, 형도 한 번 행차하시기를 멀리서 바랍니다. 이만 줄이고 편지 올립니다.

정묘년(1927) 1월 12일. 아우 이주섭

[근후장謹候狀][3]

■

1. 원문의 '韓荊之識'이란 말은 처음 인사를 나누었다는 말이다. 한 형韓荊은 형주 자사荊州刺史를 지낸 당나라 한조종韓朝宗을 가리킨다. 이백李白의 「여한형주서與韓荊州書」에 "살아서 만호후에 봉해지는 것은 쓸데없고, 다만 한 형주와 알고 지내기를 바란다."라는 구절이 있는데, 여기에서 나온 말이다.
2. 원문의 '參商之歎'은 멀리 떨어져 있는 것을 탄식한다는 말이다. 삼성參星과 상성商星은 서로 멀리 떨어져 있는 별이다.
3. 편지 봉투에 쓴 말로, '삼가 안부 편지 올림'이라는 뜻.

간찰 7 李珠燮이주섭

纔遂韓荊之識 旋爾參商之歎 紆盍紆盍 而況復物星換移 尤蓄
재 수 한 형 지 식 선 이 참 상 지 탄 우 울 우 울 이 황 복 물 성 환 이 우 축

于中 謹請侍餘棣體候節宣禧展 閤儀勻泰矣 頂祝 弟一樣子耳
우 중 근 청 시 여 체 체 후 절 선 희 전 합 의 균 태 의 정 축 제 일 양 자 이

就允郎容儀如在 阿睹新情也哉 再邀出於俗例 而此去出於無樣
취 윤 랑 용 의 여 재 아 도 신 정 야 재 재 요 출 어 속 례 이 차 거 출 어 무 양

駭顔耳 命送而兄亦幸枉遠仰 餘不備狀
해 안 이 명 송 이 형 역 행 왕 원 앙 여 불 비 상

丁卯元月旬二日 弟 李珠燮
정 묘 원 월 순 이 일 제 이 주 섭

[謹候狀근후장]

김재홍 간찰 8

손자 아이가 돌아온 날 보내 주신 편지를 받고, 뵈었을 때 다하지 못한 회포가 조금은 위로되었습니다. 형제분들 모두 즐겁게 지내시고 가족 모두 잘 지내신다니 축하드립니다. 저는 별 탈 없이 돌아왔고, 가족들도 별일 없으니 다행입니다. 다만 새로 들어온 며느리가 착하고 차분하니, 이제부터 보잘것없는 가문에 빛이 나는 일이 있을 것입니다. 손자 아이는 학식이 미천하여 용렬하고 어리석으니, 너무 사랑하지 마시고 회초리로 가르쳐 주시면 좋겠습니다. 나머지 말씀은 우선 남겨둔 채 이만 줄이고 답장 올립니다.
갑술년(1934) 12월 28일. 사제查弟 김재홍金在洪[1] 올림

■
1. 朴東贊의 사위 金永治의 부친일 가능성이 있음.

간찰 8 金在洪김재홍

孫兒還日 拜華函 稍慰訔席未盡之懷 謹審棣體候一如湛樂 寶
손아환일 배화함 초위근석 미진지회 근심체체후일여담악 보

覃淸休 仰賀區區不任 查弟無撼而歸 眷規無警 私分之幸 第新
담청휴 앙하구구불임 사제무감이귀 권규무경 사분지행 제신

人淑德貞靜 寒門生輝 自此可占 孫兒學昧識淺 善爲冗愚 勿爲
인숙덕진정 한문생휘 자차가점 손아학매식천 선위용우 물위

過愛 而善爲鞭策 如何如何 餘姑留 不備謝狀
과애 이선위편책 여하여하 여고류 불비사상

甲戌十二月二十八日 查弟 金在洪 拜謝上
갑술십이월이십팔일 사제 김재홍 배사상

[謹拜謝狀근배사장]

정건수 간찰 9

요즈음 존체 강녕하신지요? 우러러 그리운 마음 간절합니다. 다만 혼사는 다행히 멀리하지 않으셔서 참으로 감사합니다. 이제 길일을 받아 올리는데 별다른 장애는 없으신지요? 말씀해 주시면 좋겠습니다. 나머지는 후에 이어서 말씀드리기로 하고 편지의 예를 갖추지 못합니다.
임술년(1922) 정건수丁建秀[1] 올림.
[근배후장謹拜候狀][2]

간찰 9 丁建秀정건수

伏惟辰下 尊體萬重 仰溸區區 第親事幸蒙不遐 良感且荷 玆以
복유진하 존체만중 앙소구구 제친사행몽불하 량감차하 자이

吉日涓呈 侑無攸碍耶 幸示之 如何如何 餘在續後 不備狀禮
길일연정 유무유애야 행시지 여하여하 여재속후 불비상례

壬戌十月念四日 丁建秀 拜狀
임술십월념사일 정건수 배상

[謹拜候狀근배후장]

■
1. 朴東贊의 사위 丁聲夏의 부친인 것으로 보임.
2. 편지 봉투에 쓴 말로, '삼가 절하고 안부 편지 올림'이라는 뜻.

김재홍 간찰 10

보내 주신 편지를 한 번 대하니 어찌 만금의 값어치만 되겠습니까? 전에 헤어지던 슬픔이 조금이나마 풀립니다. 편지를 보고 돌아가신 후에 부모님 모시고 형제분들과 건강하게 잘 지내시는 줄을 알았습니다. 가족들도 모두 편안하시겠지요? 간절히 바라고 축원합니다. 저는 볼품없이 지내는데, 비천한 분수에 맞는 행복입니다. 다만 손자 아이가 못난 것은 잘 알고 있는데, 이렇게 과찬을 해 주시니 저도 모르게 낯이 뜨겁고 등에 식은땀이 납니다. 이만 줄이고 답장 올립니다.

갑술년(1934) 12월 28일. 사하査下[1] 김재홍金在洪 올림.

[근배사장謹拜謝狀][2]

■

1. 사돈에게 자기를 낮추어 일컫는 말.
2. 편지 봉투에 쓴 말로, '삼가 절하고 답장 편지 올림'이라는 뜻.

간찰 10 金在洪김재홍

一臨惠書 奚啻百朋 少弛昔別之悵 謹審交旋之際 侍棣體度連
일림혜서 해시백붕 소이석별지창 근심교선지제 시체체도련

護增重 仁庇行休否 淑切區區不淺之頌 查下劣狀 依協賤分之
호증중 인비행휴부 숙절구구불천지송 사하렬상 의협천분지

幸耳 第孫兒賤劣 自知已深 而如是過稱 不覺顏厚背汗耳 餘不
행이 제손아천렬 자지이심 이여시과칭 불각안후배한이 여불

備謝
비사

甲戌十二月二十八日 查下 金在洪 拜謝
갑술십이월이십팔일 사하 김재홍 배사

[謹拜謝狀근배사장]

이주섭 간찰 11

가을바람이 높이 불고 하얀 달이 밝은 빛을 비추는데, 이즈음 회포가 어떠십니까? 가뭄과 장마 끝에 부모님 모시면서 형제분들과 함께 잘 지내시는지요. 귀댁의 아드님은 별 탈 없습니까? 모두 그리운데 새로 듣는 소식으로 위안을 삼습니다. 저는 여전히 그럭저럭 지내고 있고, 특별히 드릴 말씀은 없습니다.

그런데 듣자니 귀댁은 가뭄 피해를 크게 보지 않았다고 하더군요. 정말 다행입니다. 안부를 알아보려고 사람을 보냈는데, 공연히 사람 얼굴을 붉어지게 만드는군요. 안부를 묻는 예를 다 갖추지 못합니다.

정묘년(1927) 8월 10일. 사제査弟 이주섭李珠燮 올림

[근배후장謹拜候狀][1]

■

1. 편지 봉투에 쓴 말로, '삼가 절하고 안부 편지 올림'이라는 뜻.

간찰 11 李珠燮이주섭

金風吹高 皓月揚明 際玆紆懷何如哉 未審旱潦餘 侍體棣節靜
김풍취고 호월양명 제자우회하여재 미심한료여 시체체절정

攝貞吉 允郎無瑕否 幷溸新聞者慰 査弟身依卒保 餘不敢溷耳
섭정길 윤랑무하부 병소신문자위 사제신의졸보 여부감혼이

就仰惟憑聞 仙庄大不爲旱魃所損 幸甚 探候 伏專伻以送 未免
취앙유빙문 선장대불위한발소손 행심 탐후 복전팽이송 미면

空使令人赬顔耳 餘謹不備候禮
공사령인정안이 여근불비후례

丁卯八月旬日 査弟 李珠燮 拜
정묘팔월순일 사제 이주섭배

[謹拜候狀근배후장]

심능영 간찰 12

이별의 아쉬움이 마음에 남았는데 보내 주신 안부 편지를 받고, 형의 풍모를 대하는 것처럼 받들어 보고 끝없이 감사했습니다. 은하수도 기우는 이 시기에 조부를 모시면서 잘 지내시고, 가족들도 모두 잘 있겠지요? 꼭 그러시기를 바랍니다. 저는 무사히 집에 돌아와 다행입니다. 아이도 별일 없이 돌아올 수 있기를 바랄 뿐입니다. 이만 줄입니다.
정유년(1957) 3월 22일. 아우 심능령 올림.
[근사장謹謝狀][1]

간찰 12 沈能逞심능영

別悵在心 寵問入手 臨風承擎 無窮感荷 謹審漢落 重侍候動止
별창재심 총문입수 림풍승경 무궁감하 근심한락 중시후동지

鼎扶益安 潭節均吉 誠協願聞
정부익안 담절균길 성협원문

弟無事還巢 私幸 兒行亦無撓奇可歸惟願 不備禮
제무사환소 사행 아행역무요기가귀유원 불비례

丁酉三月念二日 弟 沈能逞 拜
정유삼월념이일 제 심능령 배

[謹謝근사장]

1. 편지 봉투에 쓴 말로, '삼가 답장 편지 올림'이라는 뜻.

명진 간찰 13

한 해도 조금밖에 남지 않으니 그리움이 한창 간절합니다. 이때 보내 주신 편지를 받고, 혹한에도 조부님 모시고 잘 지내신다고 하니, 참으로 듣고 싶었던 소식입니다. 저는 연말에 손님을 접대하면서 날마다 붙들려 지내니, 묵은 병이 자주 도지는데 조섭할 겨를이 없습니다. 매우 근심됩니다.
다행히 세정稅政을 마쳤습니다. 보내 주신 여러 가지 물품은 모두 요긴하고 훌륭한 것들입니다. 대단히 감사합니다. 나머지 드릴 말씀은 남겨두고 이만 줄입니다.
갑신년(1944) 12월 27일. 기하記下[1] 명진明鎭[2] 올림.

■
1. 자기를 낮추어 일컫는 말. '당신이 기억하는 사람 중에 아래에 있는 사람'이라는 뜻.
2. 발신자의 성을 알 수 없음.

간찰 13 明鎭명진

歲薄如紗 瞻懷方切 卽承惠翰 恪審窮冱 重省震艮護晏 實符區
세박여사 첨회방절 즉승혜한 각심궁호 중성진 간호안 실부구

區願聞
구원문

記下年底酬應 日事膠撓 宿病頻添 靡暇調將 熏悶熏悶 惟幸稅
기하년저수응 일사교요 숙병빈첨 미가조장 훈민훈민 유행세

政告畢耳 惠饋諸種 物物緊佳 感佩無等 餘留不備謝
정고필이 혜궤제종 물물긴가 감패무등 여류불비사

甲申臘月卄七日 記下 明鎭 拜
갑신납월입칠일 기하 명진 배

[謝狀사장]

이근룡 간찰 14

얼굴을 보지 못하고 편지만 하는 것은 옛날에도 있었지만 바로 오늘을 두고 하는 말입니다.
연미連楣를 승낙해 주셔서 참으로 감사합니다. 눈 내리는 추위가 점점 혹독해지는데 존체 편안하신지요. 길일을 잡았는데 거리끼는 것은 없는지요. 나머지는 이만 줄이고, 살펴 주시기 바랍니다. 삼가 편지 올립니다.
무인년(1938) 11월 11일. 이근룡李根龍 올림.

간찰 14 李根龍이근룡

不面而書 古亦行之 政謂今日也 謹承連楣盛諾 感荷良深 伏未
불면이서 고역행지 정위금일야 근승연미성낙 감하량심 복미

審雪寒漸酷 尊體候萬重 第穀朝涓呈 果無碍耶 餘不備 伏惟尊
심설한점혹 존체후만중 제곡조연정 과무애야 여불비 복유존

照 謹拜上狀
조 근배상장

戊寅十一月十一日 李根龍 拜上
무인십일월 십일일 이근룡 배상

이원섭 간찰 15

새해를 맞아 복 많이 받으셨는지요. 그리운 마음 간절하고 지극합니다. 저는 예나 지금이나 한결같아 별로 드릴 말씀이 없습니다. 다만 다행히 아이들은 별 탈 없습니다.
집안이 빈한하여 보낸 것이 모두 형편없습니다. 부끄럽고 송구스러워 몸 둘 곳을 모르겠습니다. 이만 줄입니다. 살펴주시기 바라고 안부 편지 올립니다.
정유년(1957) 1월 27일. 사하생査下生[1] 이원섭李元燮 올림

간찰 15 李元燮이원섭

伏未審新元 氣體候迓新萬福 區區並伏溸不任之摯 査生昨今一
복미 심신원 기체후 아신만복 구구병복 소불임지지 사생작금일

樣 而無足仰浼中 惟幸兒率之無頉耳 家勢淸寒 所致凡百掃如
양 이무족앙매중 유행아솔지무이이 가세청한 소치범백소여

愧悚無地 餘謹不備 伏惟尊照 上候書
괴송무지 여근불비 복유존조 상후서

丁酉元月二十七日 査下生 李元燮 拜上
정유원월이십칠일 사하생 이원섭 배상

■
1. 사돈에게 자기를 낮추어 일컫는 말.

이방래 간찰 16

겨울날이 화창하여 혼례를 잘 치렀습니다. 마치 하늘이 도와주는 것 같았습니다. 험한 산길 물길을 잘 돌아가셨는지요. 그리고 부모님 모시는 가운데 전처럼 한결같으신지요. 축원하는 마음 간절합니다. 저도 예전처럼 지내고 있습니다. 귀한 우리 사위는 참으로 사랑스러운데, 정도 들기 전에 갑자기 돌려보내니 섭섭하기 그지없습니다. 저의 집에는 무지개다리처럼 텅 비어 아무 물건이 없어서, 심부름꾼을 보내자니 도리어 부끄럽습니다. 나머지 이야기는 차후에 자주 만나서 하기로 하고 이만 줄입니다.
재청再請은 스무날에서 그믐 사이에 있을 것 같습니다. 살펴주시기 바랍니다.
갑진년(1964) 11월 5일. 아우 이방래李芳來 올림.

간찰 16 李芳來이방래

冬日晴陽 吉事穩成 況若天翁之相助也 未知山水險路 返旆利
동일 청양 길사온성 황약천옹지상조야 미지산수험로 반패리

涉 而侍餘體事 一如昨狀 慰賀不任 弟率惟舊章矣 東床佳客
섭 이시여체사 일여작상 위하불임 제솔유구장의 동상가객

玉閏可愛 而情意未洽 遽爾送歸 薪薪不已 鄙物掃如空橋 送伻
옥윤가애 이정의미흡 거이송귀 신신부이 비물소여공교 송팽

反增恧然耳 餘續后源源 不備敬儀
반증뉵연이 여속후원원 불비경의

再請似在念晦間矣 下諒焉

재청사재 념회간의 하량언

甲辰至月初五日 弟 李芳來 拜上

갑진지월 초오일 제 이방래 배상

이주섭 간찰 17

구름과 비가 걷히고 날이 화창하니, 답답했던 이 마음이 사형査兄에 대해 조바심을 치지 않은 적이 없습니다. 따뜻해진 날씨에 부모님 모시면서 형제들과 아무 탈 없이 지내시고, 가족들도 모두 잘 계시는지요. 그리운 마음 달려갑니다.
저는 집안 식구들이 별일 없으니 다행입니다. 다만 안부를 여쭙고 보내는 것은 모두 해야 할 일을 하도록 추궁하는 것을 면하려고 하는 것입니다. 이번 기회에 함께 드리니, 소략하다고 꾸짖지 마시고 곤궁하고 검소해서 그렇다고 이해해 주시면 다행이겠습니다. 아드님을 보내 주시면 좋겠습니다.
나머지는 모두 그만두고 이만 줄입니다.
정묘년(1927) 3월 22일. 아우 이주섭李珠燮 올림.

간찰 17 李珠燮이주섭

雲消雨霽 時日和暢 菀盇這懷 未嘗不憧憧于左右 謹請陽煦 侍
운소우제 시일화창 울울저회 미상 부동동우좌우 근청양후 시

中棣體節淸謐 玉綣鱗善 弁溱不任馳情 弟率下无警 幸私 第問
중체체절청밀 옥권 린선 병소불임치정 제솔하무경 행사 제문

候 皆起送此免 而所謂責服 緣此付呈 勿誚其疏略 而恕容其窮
후 개기송차면 이소위책복 연차부정 물초기소략 이서용기궁

儉 則幸耳 允郞命送 如何 餘都閣 不備禮
검 칙행이 윤랑명송 여하 여도각 불비례

丁卯三月廿二日 弟 李珠燮 拜手
정묘삼월입이일 제 이주섭 배수

김귀현 간찰 18

대대로 돈독한 교분이 있는데, 더욱이 신실한 사돈이 되었으니, 어찌 주진촌朱陳村[1]에서만 그 좋은 일을 독차지하게 하겠습니까? 축하할 만한 일이고, 실로 늘 있는 일은 아닙니다. 요즈음 부모님 모시면서 형제분들과 잘 지내시겠지요. 다른 가족들도 모두 좋은 일이 많았을 것이라고 생각되니 위로되고 그리운 마음 주체할 수 없습니다. 저는 부친께서 객지에서 몹시 힘이 들었는데, 아직도 몸살기가 남아 있어 걱정되는 말씀을 다 드릴 수가 없습니다. 다만 새로 들어온 사람이 거동과 법도를 친히 가르쳐 그윽하고 바른 태도는 모범이 되지 않는 것이 없으니 기쁨이 마음에 가득합니다. 다만 훗날 가문을 번창케 하기만 바랄 뿐입니다.
보내 주신 여러 가지 물건은 어찌 그리 지나치게 많습니까? 받는 것이 맘이 편치 않습니다. 다만 꼭 너를 오게 하리라는 말씀대로 마땅히 나아가 터놓고 얘기할 계획입니다. 나머지는 다음에 하기로 하고 이만 줄입니다. 안부 답장 올립니다.
사제査弟 김귀현金龜鉉이 두 번 절하고 답장 올립니다.
갑甲의 해 12월 28일.

■
1. 원문의 '陳朱'는 주진촌朱陳村을 가리킨다. 주진촌은 중국 서주徐州의 한 마을인데, 그 마을에는 주 씨朱氏와 진 씨陳氏만 살아서 대대로 서로 혼인 관계를 맺었다.

간찰 18 金龜鉉김귀현

敦瀜世誼 尤篤親査 豈美專於陳朱乎 令人可賀者 實不庸有常
돈융 세의 우독친사 기미전어진주호 령인가하자 실불용유상

伏惟辰下 侍餘棣體候護重萬謐 渾節鴻禧 慰溸不任下頌 查弟
복유진하 시여체체 후호중만밀 혼절홍희 위소불임하송 사제

親候客憊 尙猶餘存 在下悶情 容何乎喩 第新人儀度親敎 幽閑
친후객비 상유여존 재하민정 용하호유 제신인 의도친교 유한

之態 靡不有範 滿心歡喜 只頌後日源之昌大之望也 惠來諸種
지태 미불유범 만심환희 지송후일원 지창대지망야 혜래제종

何其過耶 受之亦未妥亦未妥 獨正來汝之敎 當進晤計耳 餘在
하기과야 수지역미타역 미타 독정래여지교 당진오계이 여재

續後 謹此不備 候謝狀
속후 근차불비 후사장

查弟 金龜鉉 再拜謝 甲臘念八日
사제 김구현 재배사 갑납념팔일

이주섭 간찰 19

이 편지가 갈 때는 예가 이미 거듭되었을 것이니, 가히 얼굴에 나타난 슬픔이라고 할 수 있을 것입니다. 동짓달이 되었는데 존체는 평안하신지요? 그리운 마음 간절합니다.
다만 혼사는 점괘가 좋게 나왔습니다. 좋은 날을 뽑아 보내는데 그날 어떠신지요? 남김없이 모두 말씀드릴 수 있는 날을 공경히 기다리겠습니다. 살펴 주시기 바랍니다. 이만 줄이고 편지 올립니다.
병인년(1926) 11월 13일. 이주섭李珠燮 올림.

간찰 19 李珠燮이주섭

此書去 禮既再矣 亦可謂顏面之悲乎 謹請復陽 尊體淸穆 溸仰
차서거 례기재의 역가위안면지비호 근청복양 존체청목 소앙

區區耳 第親事龜筮協從 鳳吉差呈 伊日唯否 恭竢盡納無餘 崇
구구이 제친사구서 협종 봉길차정 이일유부 공사진납무여 숭

照 謹不備上狀
조 근부비상장

丙寅十一月十三日 李珠燮 再拜
병인십일월십삼일 이주섭 재배

이경신 간찰 20

머리를 조아려 절하고 아룁니다. 오랫동안 소식이 끊겨있었는데, 보내 주신 편지를 받고 큰 소리로 두 번 세 번 읽었습니다. 얼마나 반갑던지, 어떻게 답장을 해야 할지도 깨닫지 못했습니다. 편지를 받고 벼가 익어가는 서늘한 날씨에 형제분들 모두 별 탈 없이 잘 지내시고, 가족들 모두 편안하신지요. 모두 그리운 마음 간절합니다. 저는 모진 목숨을 부지하고 있고, 모친도 여전하시니 다행입니다.

보내 주신 여러 물건은 어찌 그리도 과도합니까? 감사한 마음 가슴 깊이 간직하겠습니다. 편지와 함께 보내드릴 물건이 없으니 살펴서 이해해 주시기를 바랍니다. 추석 지나고 난 후에 보고서를 만들에 보내드릴 계획입니다. 말씀하신 농사 작황은 고르게 여물지는 않았습니다. 그런데 귀댁의 논밭만 물이 범람하는 해를 입었다고 하니, 안 좋은 일이 겹쳐서 닥치는군요. 소식을 듣고 무척 놀라고 걱정되었습니다. 탄식한들 어쩌겠습니까? 천도가 순조롭게 되기를 기다릴 뿐입니다. 할 말은 많지만 이만 줄이고 답장 올립니다.

무신년(1908) 죄사하생罪査下生[1] 이경신李敬信 올림

■

1. 사돈에게 자기를 낮추어 일컫는 말.

간찰 20 李敬信이경신

稽顙拜達 積阻之餘 伏承下書 莊讀再三 欣倒之至 不覺以何謝
계상배달 적조지여 복승하서 장독재삼 흔도지지 불각이하사

諸 伏憑審稻涼浮蘢 棣中氣體候 不瑕萬康 庇下安旺 幷庸伏哀
제 복빙심도량부롱 체중기체후 부하만강 비하안왕 병용복애

溯區區之卑忱 罪査下生 頑命僅支 而慈節亦依 伏幸伏幸耳
소구구지비침 죄사하생 완명근지 이자절역의 복행복행이

惠饋諸種 何其過度耶 銘謝僕僕 無物伴呈 高諒廣恕伏望 節後
혜궤제종 하기과도야 명사복복 무물반정 고량광서복망 절후

告書起送伏計 所敎農形 未得均登 而況貴庄獨被汎濫 哭凶荐
고서기송복계 소교농형 미득균등 이황귀장독피범람 곡흉천

臻云 聞甚驚慮之極 歎復奈何 伏竢天道之順序 掛漏不備 謝疏
진운 문심경려지극 탄복내하 복사천도지순서 괘루불비 사소

上
상

戊申八月十三日 罪査下生 李敬信 拜疏上
무신팔월 십삼일 죄사하생 이경신 배소상

부록

[附錄 1]

<先考선고 春石府君춘석부군 遺事유사>*

府君의 諱는 昌淳이요, 字는 文現이며, 號는 春石이니 咸陽에서
부군의 휘는 창순이요, 자는 문현이며, 호는 춘석이니 함양에서
系出하였다. 高麗朝 禮部尙書 諱 善이 처음 族譜의 조상이 된다.
계출하였다. 고려조 예부상서 휘 선이 처음 족보의 조상이 된다.

네 번 전하여 諱 臣蕤는 凝川君에 봉해져 시호諡號는 忠質이고
네번 전하여 휘 신유는 응천군에 봉해져 시호는 충질이고
낳은 諱 六之는 分派의 조상이 되었고, 넷째 諱 之秀는 密直副使
낳은 휘 육지는 분파의 조상이 되었고, 넷째 휘 지수는 밀직부사
며, 다섯 번 전하여 諱 習은 本朝에 들어와 벼슬이 兵曹判書로 삼
며, 다섯번 전하여 휘 습은 본조에 들어와 벼슬이 병조판서로 삼
각산이 무너져도 의리가 없어지지 않았으니, 곧 太宗 禊帖[1]에 詩
각산이 무너져도 의리가 없어지지 않았으니, 곧 태종 계첩 에 시
를 下賜하였고, 세 번 전하여 諱 仲儉은 吏曹判이며, 낳은 諱 三世
를 하사하였고, 세번 전하여 휘 중검은 이조판이며, 낳은휘 삼세
는 分派의 조상이 되었다.
는 분파의 조상이 되었다.

첫 번째 諱 世榮은 號가 九堂으로 左贊成을 지냈으며, 일찍이 全
첫번째 휘 세영은 호가 구당으로 좌찬성을 지냈으며, 일찍이 전
州에서 判官을 지낼 때에 府尹 李晦齋선생 彦迪公과 道義로 敬
주에서 판관을 지낼 때에 부윤 이회재선생 언적공과 도의로 경
重[2]하였다.
중하였다.

---

* 남당 박동찬 공이 父親이신 朴昌淳 公에 대해 쓴 글이다.
1) 蘭亭帖의 異名.
2) 공경하여 어렵게 여김.

세 번 전하여 諱 由精은 號가 節齋며 司果[3]로 壬辰년 金鶴峯 誠一
세 번 전하여 휘 유정은 호가 절재며 사과로 임진년 김학봉성일
이 巡邊使 申砬에게 천거하여 㺚川에서 순국한 일이 소문나 兵曹
이 순변사 신립에게 천거하여 달천에서 순국한 일이 소문나 병조
參議를 追贈하고 旌閭[4]를 명받았으며, 낳은 諱 孝亨의 號는 慕齋
참의를 추증하고 정려를 명받았으며, 낳은 휘 효형의 호는 모재
며 將仕郞[5]을 지냈고, 遺腹으로써 六歲에 追喪[6]한 일이 소문나
며 장사랑을 지냈고, 유복으로써 육세에 추상한 일이 소문나
敎官에 追贈되었고, 旌閭를 명받았고, 낳은 諱 尙煥은 號가
교관에 추증되었고, 정려를 명받았고, 낳은 휘 상환은 호가
退辭亭으로 벼슬이 副護軍이다.
퇴사정으로 벼슬이 부호군이다.

肅宗朝에 黨派가 싫어 南下하여 靈光 九十九峯 아래에 띠 집 수
숙종조에 당파가 싫어 남하하여 영광 구십구봉 아래에 띠 집 수
칸을 짓고서, 흰 구름에 눕고 밝은 달을 희롱하며 글을 짓고선, 세
칸을 짓고서, 흰 구름에 눕고 밝은 달을 희롱하며 글을 짓고선, 세
상을 마쳤으니, 세상에서 元祐完人이라 일컬었으니, 府君에게는
상을 마쳤으니, 세상에서 원우완인이라 일컬었으니, 부군에게는
七世祖이다.
칠세조이다.

高祖의 諱는 懽이니 左承旨를 지냈고, 曾祖의 諱는 顯德이니 戶
고조의 휘는 환이니 좌승지를 지냈고, 증조의 휘는 현덕이니 호
參을 追贈 받았으며, 祖의 諱는 載瑩으로 同中樞였으며, 考의 諱는
참을 추증 받았으며, 조의 휘는 재형으로 동중추였으며, 고의 휘는
泰錫으로 號는 南湖며 敎官을 지냈으며, 詩賦와 論策에 능하여
태석으로 호는 남호며 교관을 지냈으며, 시부와 논책에 능하여
여러 번 과거장에 들어갔으며, 돌아와선 성리학으로써 專心하고
여러 번 과거장에 들어갔으며, 돌아와선 성리학으로써 전심하고

---

3) 五衛에 두었던 正六品軍職.
4) 旌門을 세워 表彰함.
5) 從九品 東班 文官에게 주던 품계.
6) 三年喪을 함.

後進들을 가르쳤다.
후진들을 가르쳤다.

妣는 令人[7]으로 坡平 尹氏며, 妣의 考는 諱가 奭鎭이며, 吏參을
비는 영인으로 파평 윤씨며, 비의 고는 휘가 석진이며, 이참을

지냈다.

高宗 甲子二月 二十四日 午時에 府君을 南竹大里 집에서 낳으
고종 갑자이월 이십사일 오시에 부군을 남죽대리 집에서 낳으

니, 體容이 健雅하고 志節이 높았으며, 일곱 살에 학교에 들어갔
니, 체용이 건아하고 지절이 높았으며, 일곱살에 학교에 들어갔

고, 열여섯에 經史[8]와 子集[9]에 淹貫[10]하고, 열일곱에 秋圍[11]에
고, 열여섯에 경사와 자집에 엄관하고, 열일곱에 추위에

들어 원고를 과거장 가운데 던졌으나 잘못되어 臺 아래에 들어가
니 이에 깨달아 말하길 원고를 멀리 던져 미치지 못하는 것보다는
講書를 직접 하는 것보다 못하다 하고 돌아와 다시 경서를 다스렸
강서를 직접 하는 것보다못하다 하고 돌아와 다시경서를 다스렸

다. 金承旨 鍾琯氏와 金恩津 商基氏 여러 公들과 더불어 스승을 같
다. 김승지 종관씨와 김은진상기씨 여러 公들과더불어 스승을 같

이 하였다.

甲申년 가을 本道伯 金聲根이 試士[12]함에 [鞠有黃華][13]의 賦
갑신년 가을 본도백 김성근이 시사 함에 [국유황화]의 부

로써 하자 가을의 德은 金[14]에 속하여, 여러 꽃이 피어 노란 국화
로써 하자 가을의 덕은 금에 속하여, 여러 꽃이 피어 노란국화

---

7) 文武官 宗親 아내의 封爵.
8) 經書와 歷史.
9) 諸子集註.
10) 널리 통함.
11) 가을에 보는 과거 시험.
12) 선비를 시험함.
13) 禮記月令篇-季秋之月에 국화가 노랗게 핀다.
14) 五行의 金.

가 되었고, 六陰[15]을 포함하여 기운을 성하고, 五土中를 형상하여
가 되었고, 육음 을 포함하여 기운을 성하고, 오토중를 형상하여

正色이라고 答案하여 三中[16]으로써 채워졌으며, 또한 書經의 尙
정색이라고 답안하여 삼중으로써 채워졌으며, 또한 서경의 상

桓桓威武貌 같이 바라건대 상나라 교외에서 용맹하기 범 같고 비
환환위무모같이 바라건대 상나라 교외에서 용맹하기 범같고 비

휴 같으며[17] 또한 榜目[18]에 보였고, 丁亥 가을에 李憲稙이 선비
휴같으며 또한 방목에 보였고, 정해 가을에 이헌직이 선비

를 시험함에 [九月 授衣]의 賦로써 하니
를 시험함에 [구월 수의]의 부로써 하니

中於四而第九-사계절에 맞고 구월이니
중어사이제구

豈曰無乎備衣-어찌 옷 갖춤이 없다고 하랴.
기왈무호비의

星一躔而霄虛 -火星이 한번 기울면 하늘이 비고
성일전이소허

蠶百繅而春靑-누에 쳐 백번 실 뽑으니 봄은 한창이네
잠백소이춘청

라고 답안하여 次上으로 채워졌으며, 또한 詩經의 南有樛木[19]
라고 답안하여 차상으로 채워졌으며, 또한 시경의 남유규목

葛藟纍之(칡덩굴 칭칭 감았네)와 강의에 부응하여 또한 參榜이 되
갈류류지(칡덩굴 칭칭 감았네)와 강의에 부응하여 또한 참방이 되

었고, 또한 辛卯년 가을에 閔正植의 試士에 [盖麟云]의 賦로써 하
었고, 또한 신묘년 가을에 민정식의 시사에 [개린운]의 부로써 하

---

15) 子爲一 陽, 丑爲二陰… 亥是六陰.
16) 詩文을 評하는 等級 중 둘째. 三上, 三中, 三下.
17) 書- 牧誓. 史記 周本紀-… 如豺如離,
-孟子의 천하의 넓은 집에 산다는 강의에 부응하여
18) 과거 급제자의 姓名을 적은 책.
19) 남쪽에 굽어 늘어진 나무.

니 상서로움의 나옴 또한 항상 하지 않으니, 대개 기린 있으면 기
린이라 한다.

軒囿에 노닐면 역사에 전해지니, 魯郊에서 나와서 사람이 물었다
헌 유 에 노 닐 면 역 사 에 전 해 지 니, 노 교 에 서 나 와 서 사 람 이 물었다
라고 答案하여 次上으로 채워졌고, 또한 講目[20] 單帖[21]은 이제는
라 고 답 안 하 여 차 상 으 로 채 워 졌 고, 또 한 강 목 단 첩 은 이 제 는
볼 수 없어도 또한 參榜이 되어서 사람들이 여러 번 初試를 지났
볼 수 없 어 도 또 한 참 방 이 되 어 서 사 람 들 이 여 러 번 초 시 를지 났
으나 末梢[22]는 어떠한가는 알지 못한다 말하니 젊은 시절에 한번
으 나 말 초 는 어 떠 한 가 는 알 지 못 한 다 말 하 니 젊 은 시 절 에 한 번 얼
마 안 되는 동안 승부 던져 빨리 과거에 응하는 것만 못하리다하
니 답하여 말하길 家力의 넉넉지 못함이 아니라, 또한 내가 이와
하 니 답 하 여 말 하 길 가 력 의 넉 넉 지 못 함 이 아 니 라, 또 한 내 가 이 와
같은 것은 믿지 못함인즉 무슨 필요가 있으리오.

이에 사년 동안 書齋에 있으며 會試를 기다렸더니, 하루는 꿈이
이에 사 년 동 안 서 재 에 있 으 며 회 시를 기 다 렸 더 니, 하 루 는 꿈 이
악하여 卽日[23]에 啓行[24]하여 내려오니, 과연 令人[25]尹氏가 병
악 하 여 즉 일 에 계 행 하 여 내 려 오 니, 과 연 영 인 윤 씨 가 병
이 심하여 베개머리에서 떠나지 않고 모시다가 마침내 巨創[26]을
이 심 하 여 베 개 머 리 에 서 떠 나 지 않 고 모 시 다 가 마 침 내 거 창 을
만나게 되어, 비록 큰 눈이 오고 폭우라도, 밤을 틈타 묘에 올라
가 마음을 다하고 새벽에 거닐어 내려오니 때는 壬辰년 正月日이
가 마 음 을 다 하 고 새 벽 에 거 닐 어 내 려 오 니 때 는 임 진 년 정 월 일 이
다.

---

20) 講讀하는 經典의 名目.
21) 엷은 문서.
22) 끝.
23) 바로 그날.
24) 여정에 오름.
25) 文武官 宗親 아내의 封爵.
26) 큰일.

族叔 承宣公 始淳氏가 書狀 끝에 위로하여 말하길 哀[27]의 下
족숙 승선공 시순씨가 서장 끝에 위로하여 말하길 애의하
去[28] 뒤 삼일에 春到記[29]에 응하여서 이 사이가 좋은 기회니 번
거뒤 삼일에 춘도기에 응하여서 이사이가 좋은 기회니 번
거롭다고 말하지 말아라. 또한 哀의 身數[30]를 이어니 어찌 하리
거롭다고 말하지 말아라. 또한 애의 신수를 이어니 어찌하리
요. 服闋[31]을 기다릴 것이라.
요. 복결을 기다릴 것이라.

불행하게 癸巳년에 先妣께서 돌아가시고 또 甲午년에 科擧를 철
불행하게 계사년에선비께서 돌아가시고 또갑오년에 과 거를철
폐하니 府君의 一生 心事가 이미 떠났으니, 痛恨이 끝이 없음이라.
폐하니 부군의일생 심사가 이미 떠났으니,통한이끝이없음이라.

閔輔國 泳煥氏 글로써 위로하여 말하길 사사로움 없이 發揚[32]
민보국 영환씨 글로써 위로하여 말하길사사로움 없이 발양
하는 것은 봄이며, 굳고 강하여 굽히지 않는 것은 돌이다 하니 애
석하구나! 春石이여! 이런 存養[33]있으며, 不食其報[34]의 힘을 입어
석하구나! 춘석이여! 이런 존양있으며, 불식기보의 힘을입어
잘됨이 없는가. 곧 天荒[35]하여 그런 것인가. 뒤에 여러 번 敎官으
잘됨이 없는가. 곧 천황 하여 그런것인가. 뒤에여러번교관으
로써 천거하였다.

金輔國 宗漢氏 또한 府君에게 편지하여 壬癸 두 해를 지남으로
김보국 종한씨 또한 부군에게 편지하여 임계 두해를 지남으로

---

27) 喪中.
28) 아래로 내려감.
29) 成均館과 私學에서 공부하는 儒生들이 출석일수를 채운 뒤 봄에 보던 시험, 아침저녁 두 끼를 1到로 하여 50到가 되면 자격이 주어졌음.
30) 사람 운수.
31) 喪禮를 마침.
32) 피어남.
33) 本心을 잃지 않도록 착한 성품을 기름.
34) 祖考의 숨은 덕蔭德.
35) 천지가 미개함.

부터 스스로 身數가 시대에 불리함을 알고 끝내 일어나지 않았다.
부 터 스 스 로 신 수 가 시 대 에 불 리 함 을 알고 끝내 일어나지 않았다.

봄에 東匪[36]가 煽亂[37]하여 府君에게 이르길 자기들을 배척하
봄 에 동 비 가 선 란 하 여 부 군 에 게 이 르 길 자 기 들 을 배 척 하

는 무리라 하여 몸소 무거운 毒을 경험케 되어 松耳島에 들어가서
는 무 리 라 하 여 몸 소 무 거 운 독 을 경 험 케 되 어 송 이 도 에 들 어 가 서

난리가 끝난 뒤에 돌아왔다.

힘써 농사짓는 것으로 幹蠱[38]하여 本分의 일을 삼아 아침에 나
힘 써 농 사 짓 는 것 으 로 간 고 하 여 본 분 의 일 을 삼 아 아 침 에 나

가서 밭 갈고, 밤에 돌아와 가르쳐, 不肖들을 無狀[39]을 열어주었
가 서 밭 갈 고, 밤 에 돌 아 와 가 르 쳐, 불 초 들 을 무 상 을 열 어 주 었

으나 끝내 伊蒿[40]가 되어 罪가 實로 罔極하게 되었다.
으 나 끝 내 이 호 가 되 어 죄 가 실 로 망 극 하 게 되 었 다.

戊戌년 봄에 東陽 申侯 泰寬氏가 居接[41]을 설치하여 本校 齋
무 술 년 봄 에 동 양 신 후 태 관 씨 가 거 접 을 설 치 하 여 본 교 재

任[42]을 가리려 시험하여 孟子의 易之論[43]을 善用하고, 鄕中知
임 을 가 리 려 시 험 하 여 맹 자 의 역 지 론 을 선 용 하 고, 향 중 지

舊[44]가 相招以戱[45]로 當選되어 倅[46]에게 말하길 이 고을은 본디
구 가 상 초 이 희 로 당 선 되 어 졸 에 게 말 하 길 이 고 을 은 본 디

바다 모퉁이로 聲敎[47]가 멀고 아득하여 더욱 甲午년을 지난 뒤
바 다 모 퉁 이 로 성 교 가 멀 고 아 득 하 여 더 욱 갑 오 년 을 지 난 뒤

---

36) 東學敎徒.
37) 소란을 일으켜 부추김.
38) 자식이 부친의 뜻을 계승함.
39) 善行이 없음, 예절이 없음.
40) 詩經 蓼莪篇- 蓼蓼者莪 匪莪伊蒿. 부모를 실망시킴.
41) 잠시 한때 거주함.
42) 四學, 成均館, 鄕校에 寄宿하던 儒生. 居齋儒生任員.
43) 易地思之-입장을 바꾸어 생각함, 以羊代之.
44) 고을의 친구.
45) 서로 불러 장난함.
46) 군수.
47) 임금이 백성을 감화하는 덕.

윤리가 막힘이 이에 이르렀으니 원컨대 明府는 첫째로 孝로서 다스림이 어떻겠습니까 하니, 侯가 말하길 옳다 하니 이에 孝經, 小學 두 책으로써 강론하여 頹俗을 교화하니 儒風이 한때에 크게 변하였다.

九世祖는 敎官으로 公의 墓는 陽城 金谷面 乙坐 언덕에 있어서 振威에 사는 李 兵使 容俊이 犯葬[48]하자, 癸卯년 봄에 서울에 올라가 閔承旨 泳晩氏와 金參判 錫圭氏에게 말하여 편지를 陽城에 내리니 倅 李重喆 氏가 하루도 안 되어 파갈 것을 督促[49]하고 祭田을 두고서 내려왔다.

甲辰년 봄에 海平尹侯 胄榮 씨가 鄕約을 설치하여 鄕長으로서 맡기니 어쩔 수 없이 삼년을 하니 鄕俗이 회복될 수 있었다.

庚戌년에 새 조약이 이루어지자 이에 마음을 石西別庄으로 거두고, 經文을 講考[50]하고 性理學을 探索하며 날로 벗들과 酬唱하고 後進들을 訓迪[51]하여 林樊[52]의 計劃을 하였으나 하늘이 해를 빌

---

48) 남의 葬地에 장사지냄.
49) 재촉함.
50) 강론하며 고찰함.
51) 가르쳐 引導함.
52) 숲에 울타리 침-隱居함.

려주지 않아 戊午년 시월 이십일 午時에 正寢53)에서 考終54)하니
려주지 않아 무오년 시월 이십일 오시에 정침 에서 고종하니

享年 오십 다섯이라. 南竹面 北鍾山 아래 內洞 왼쪽 기슭 壬坐의
향년 오십 다섯이라. 남죽면 북종산 아래 내동 왼쪽 기슭 임좌의

언덕에 葬事하였다.
언덕에 장사하였다.

아아! 서울에 있은 지 十一年 동안 宰相의 집과 山林의 문에 나
아아! 서울에 있은지 십일년 동안 재상의 집과 산림의문에 나

아가고 물러남에 더하기를 청한 것이 많이 있고, 남과 더불어 말한
것이 저녁이 다해도 津津55)하니 不肖가 눈뜨고도 무슨 일인지 모
것이 저녁이 다해도진진 하니 불초가눈뜨고도 무슨 일인지모

르고 마주치니 진실로 千古의 죄이다. 痛恨을 어찌 하겠는가.
르고 마주치니 진실로 천고의 죄이다. 통한을 어찌 하겠는가.

配는 令人으로 全義氏 良簡公 壽男의 後孫이며, 考의 諱는 根龍
배는 영인으로 전의씨 양간공 수남의후손이며, 고의 휘는 근용

으로 성품이 寬裕하고 靜重하고 孝惠하며 또한 따뜻하여 일찍이
으로 성품이 관유하고 정중하고 효혜하며 또한 따뜻하여 일찍이

한마디도 비배56)함을 아이들과 婢僕 사이에 하지 않아 家室에 마
한마디도 비배 함을 아이들과 비복 사이에 하지 않아가실에 마

땅하고 宗黨에서 칭송하니 賦57)가 어찌했든 풍부하고, 嗇58)하고
땅하고 종당에서 칭송하니부가 어찌했든 풍부하고, 색 하고

또한 검소하였다.

癸巳년 십일월 이십 일 亥時에 早世59)하니 그때의 나이가 삼십
계사년 십일월 이십일 해시에 조세 하니 그때의 나이가삼십

사라.

---

53) 몸체의 방.
54) 命대로 죽음.
55) 가득 차 있음.
56) 鄙倍-마음이 야비하고 도리에 어긋남.
57) 타고 남, 주어짐.
58) 아낌.
59) 젊어서 죽음.

墓는 오른쪽에 合祔하였고, 二男 二女를 낳았으니, 東贊은 곧 不
묘는 오른쪽에 합부하였고, 이남이녀를 낳았으니, 동찬은 곧불

肖요, 東烓는 青松 沈氏 宜峻, 全州 李恭信의 사위요, 繼配는 令人
초요, 동계는 청송 심씨 의준, 전주 이공신의 사위요, 계배는영인

으로 靈城 丁氏 校理 璿의 后裔이며, 考의 諱는 杞秀이다.
으로 영성 정씨 교리 선의 후예이며, 고의 휘는 기수이다.

하늘이 낸 孝義로 세상에 혹 낳은 바의 자식에게만 宿食[60]함이
하늘이 낸 효의로 세상에 혹 낳은 바의자식에게만 숙식 함이

있다하나, 비록 忙極[61]하여 하나의 일이 없어도 가서 도우고, 하
있다하나, 비록 망극 하여 하나의 일이 없어도 가서 도우고, 하

나 같이 不肖의 집에 의지하였으니, 鄕黨이 모두 칭찬하였다.
나 같이 불초의 집에 의지하였으니, 향당이 모두 칭찬하였다.

二男一女를 낳았으니 東玉이며, 東河는 全州 李文龍의 사위다. 손
이남일녀를 낳았으니 동옥이며, 동하는 전주 이문용의사위다. 손

자들은 다 싣지 않는다.

아아! 사람의 자식 된 자가 그 아버지의 앞의 일을 비록 미세하
여도 追記[62]하여 立言家[63]에게 청하여 나타내어 冥途[64]를 위로
여도 추기 하여 입언가 에게 청하여나타내어 명도 를 위로

하는 것이 진실로 자식의 직분이리다.

不肖가 蒙昧하여 逡巡[65]하고 未果[66]하여 지금의 세상의 쇠퇴
불초가 몽매하여 준순 하고 미과 하여 지금의세상의 쇠퇴

함을 당하여 다만 몇 줄의 글을 기록하여 家庭의 遺事를 오래 보
함을 당하여 다만 몇줄의 글을 기록하여가정의 유사를 오래 보

전 하고자한다 이를 따름이다.

---

60) 寢食-재우고 먹임.
61) 아주 바쁨.
62) 本文에 追加하여 적음.
63) 後世에 模範이 될 만한 사람, 意見을 發表할 사람.
64) 저승세계. 黃泉.
65) 우물쭈물함.
66) 과감치 못함.

[附錄 2]

鞠有黃華[1]賦*

<菊花는 노란 꽃이 핀다는 賦>

鞠衣薦夫上帝　鞠衣[2]는 대저 上帝에게 받치는 것[3],
국 의 천 부 상 제

祈暮春則黃桑　暮春 되어 기원할 적에 黃桑服을 사용한다[4].
기 모 춘 칙 황 상

應兌維而稟姿　兌維[5]에 상응하여 자태를 품부 받고,
응 태 유 이 품 자

象坤裳而吐穎　坤裳[6]을 본떠서 꽃잎을 토한다.
상 곤 상 이 토 영

---

* 본관은 함양으로 영광에 거주하고 있던 南唐의 父親, 朴昌淳 公의 甲申年(21세의 科試 答案이다.

1) 鞠有黃華: 『禮記』「月令」<季秋之月>에 나오는 말로 鞠은 菊과 통함. <국화는 노란 꽃이 핀다>는 뜻임.

2) 鞠衣: 고대 王后의 六服 중의 하나. 그 색깔은 뽕잎이 처음 피어날 때와 같은 노란색을 본떴으므로 일명 黃桑服이라고도 하며 王后가 친히 누에를 칠 때에 입는 옷이라 함.

3) 『禮記』「月令」<季春之月>에 <이 달에는 天子가 先帝에게 鞠衣를 받친다.(是月也 天子乃薦鞠衣於先帝>고 하였음. 『禮記』에는 <先帝>로 되어있는데 원문에는 <上帝>로 되어있음.

4) 暮春(季春之月에 先帝에게 鞠衣(黃桑服를 받치는 것은 장차 養蠶할 적에 누에가 아무 탈 없이 잘 자라도록 先帝에게 도움을 기원하는 의식임.

5) 兌維: 兌는 卦 이름이고 維는 방위를 나타내는 말인데 兌維가 방위로는 서쪽을 의미하고 계절로는 가을에 속하니 국화가 가을에 피는 것을 비유한 것임.

6) 坤裳: 乾衣坤裳에서 유래한 말로 坤은 땅을 나타내고 땅은 황색이니 노란 치마라는 뜻임.

黃黃者兮彼華　노랗고 노란 저 꽃은,
황 황 자 혜 피 화

是月也而獨有　이 달에만 오직 있다.
시 월 야 이 독 유

特可驗夫陰氣　이에 陰氣를 징험할 수 있으니,
특 가 험 부 음 기

表以出之正葩　이를 드러내어 正葩[7]에 기록했다.
표 이 출 지 정 파

秋之德也屬金　가을의 德은 五行 중에 金에 속하니,
추 지 덕 야 속 금

發諸華爲黃鞠　이것이 꽃잎에 발하여 노란 국화 되었다.
발 제 화 위 황 국

包六陰而盛氣　여섯 陰氣를 내포하여 기운이 성대하고,
포육음이성기

象五土而正色　숫자 五인 오행 土를 본떠서 빛깔이 中正하다.
상 오 토 이 정 색

流金精而黃熟　金의 精氣 유동하여 만물이 누렇게 익으니,
유 금 정 이 황 숙

先得秋者惟麥　제일 먼저 가을을 만나는 것은 오직 보리이다.
선 득 추 자 유 맥

按月令而季秋　『禮記』「月令」의 <季秋之月>을 살펴보니,
안 월 령 이 계 추

彼草木則黃落　저 草木들이 누렇게 변해 떨어진다고 하였다.
피 초 목 칙 황 락

山桂紫而風飄　자줏빛 山桂도 바람에 흩날리고,
산 계 자 이 풍 표

谷蘭靑而霜委　푸르던 谷蘭도 서리에 시들어진다.
곡 란 청 이 상 위

---

7) 正葩: 詩經을 지칭함. 韓愈의 「進學解」에 <詩 正而葩>란 말이 있음.

黃茂斂以五穀
황 무 렴 이 오 곡
파종한 좋은 곡식[8] 五穀을 수확하고,

降蓐收於西郊
강 욕 수 어 서 교
서쪽의 교외에는 蓐收[9]가 강림한다.

披花譜而曰鞠
피 화 보 이 왈 국
花譜를 펼쳐보면 이르기를 국화는,

語其色則有五
어 기 색 칙 유 오
그 색깔이 다섯 가지라 하였다.

金絲紅而曷論
금 사 홍 이 갈 론
金絲 같은 붉은 국화 어찌 논하랴,

玉盆白而奚取
옥 분 백 이 해 취
玉盆의 흰 국화도 취할 것이 전혀 없다.

維時秋之屬陰
유 시 추 지 속 음
오직 이 가을은 陰月에 속하고,

黃吾知其最貴
황 오 지 기 최 귀
黃色은 내가 알기로 가장 귀한 색이다.

凌寒威於帝昊
릉 한 위 어 제 호
한기의 위력은 皇帝인 少昊[10]에게서 나오고,

載眞色於后土
재 진 색 어 후 토
참된 색은 地神인 后土[11]에게서 받았다.

紛獨有此姱節
분 독 유 차 과 절
이와 같이 아름다운 節義를 홀로 지니어,

竊爲人之最愛
절 위 인 지 최 애
마침내 사람들이 가장 사랑하게 되었다.

---

8) 원문의 <黃茂>는 『詩經』「大雅」 <生民>篇 <茀厥豊草 種之黃茂>란 구절에 나오는 말임. <黃>은 좋은 곡식을 뜻하고 <茂>는 아름다움을 뜻하는데 파종할 좋은 곡식을 지칭함.

9) 蓐收: 고대 전설에 나오는 西方의 神 이름으로 가을을 관장한다고 함. 『禮記』「月令」 <孟秋之月>에 <其神蓐收>란 말이 있음.

10) 少昊: 少皥라고도 하는데 고대 전설 중의 帝王으로 號가 金天氏이고 死後에 西方의 神이 되었다고 함.

11) 后土: 五行의 土는 방위로는 중앙이고 색은 황색임.

象姤瓜而稟氣　姤卦의 包瓜[12]를 본받아 中正한 기운을 받았고,
상 구 과 이 품 기

並剝果而含蘂　剝卦의 碩果[13]와 나란히 꽃술을 머금었다.
병 박 과 이 함 예

黃花看以晩節　黃花는 만년의 절개를 보겠으니,
황 화 간 이 만 절

獨一春於芳菲　홀로 봄날처럼 향기를 발한다.
독 일 춘 어 방 비

方秩序之屆陰　계절의 차례가 陰月에 이르러,
방 질 서 지 계 음

以盛德之在金　성대한 덕이 金氣에 있다.
이 성 덕 지 재 금

黃華入於記時　黃華가 그 시절을 만나면,
황 화 입 어 기 시

特秋氣之姸艶　유달리 가을 기운이 농염하다.
특 추 기 지 연 염

微霜降而晩幹　엷은 서리가 내려 줄기는 노쇠해지고,
미 상 강 이 만 간

夕露薄而淡香　저녁 이슬이 맺혀 향기는 담담하다.
석로박이담향

桃之紅與桐白　붉은 복숭아 꽃 흰 동백꽃은,
도 지 홍 여 동 백

---

12) 姤卦는 巽下乾上의 괘상으로 陰氣가 처음 생겨나는 형상임. 그 九五 爻辭에 <구기자나무로 오이를 감싸는 것(包瓜이니 고운 행실을 간직하면 하늘로부터 내려지는 것이 있을 것이다.(以杞包瓜 含章 有隕自天>라고 하였고 그 象辭에 <九五에서 고운 행실을 간직한다는 것은 中正한 것이다.(九五 含章 中正也>라 하였음. 이는 국화가 음기가 점점 강해지는 계절에 中正한 기운을 품부 받았음을 의미함.

13) 剝卦는 坤下艮上의 괘상으로 계절로는 9월에 속하고 그 上九 爻辭에 나오는 碩果는 오직 하나 남아있는 陽爻를 지칭함. 이는 국화가 온갖 꽃이 모두 지고 난 후 유일하게 음기가 성한 9월에 홀로 피는 것을 비유함.

不言色于華芳 국화 앞에서 美色을 논할 수 없다.
불 언 색 우 화 방

噓葭蒼而按節 푸른 갈대[14] 불어서 절후를 살피고,
허 가 창 이 안 절

尙衣白而襲芬 흰 옷을 숭상하여 향기가 배이도록 한다.
상 의 백 이 습 분

秋容淡於夕圃 가을 풍경은 저녁 채소밭에 암담한데,
추 용 담 어 석 포

聽鴻鴈之來賓 기러기 손님되어[15] 날아오는 소리를 듣는다.
청 홍 안 지 래 빈

凋百卉而具腓 온갖 초목 시들어 모두 병이 들었지만[16],
조 백 훼 이 구 비

葆一色而靡渝 국화는 一色을 간직하여 변함이 없다.
보 일 색 이 미 투

三其復乎奧旨 그 깊은 뜻을 세 번 반복하여 읽었고,
삼 기 복 호 오 지

一以觀夫徽軌 그 훌륭한 법도를 한결같이 보았다.
일 이 관 부 휘 궤

陳旣逞而可復 이미 지나간 일을 진술하여 고하니,
진 기 령 이 가 복

越若來而疇比 아![17] 이를 무엇에 비교하겠는가!
월 약 래 이 주 비

昳仁得其信然 인을 칭찬하고 그 믿음이 확실하니,
일 인 득 기 신 연

---

14) 원문의 <葭蒼>은 <蒹葭蒼蒼>의 준말인데 『詩經』「秦風」 <蒹葭>편에 <蒹葭蒼蒼 白露爲霜>이란 말이 있음.

15)『禮記』「月令」<季秋之月>에 <鴻雁來賓>이란 말이 있음.

16)『詩經』「小雅」<四月>편에 <秋日凄凄 百卉具腓>란 말이 있음.

17) 원문의 <越若來>는『書經』「召誥」편에 나온 말로 <越若>은 발어사이고 <來>는 이르다는 뜻임.

孰求美而釋汝 그 누가 아름다움을 얻을 수 있는 그대를 버리겠는가?
숙 구 미 이 석 여

遊道德而平林 도덕을 따르니 천하가 고요하고
유 도 덕 이 평 림

敻冥默而潛周 멀리 아련하고 고요하니 온 세상이 지극히 평온하구나
형 명 묵 이 잠 주

誠可觀於慇勤 진실로 다정함을 볼 수 있구나
성 가 관 어 은 근

是所履於陳敎 이것은 오직 오랜 가르침을 겪은 결과로다.
시 소 리 어 진 교

金風起兮土旺 금풍이 일어나 토기가 왕성하니,
금 풍 기 혜 토 왕

黃之時義大矣 황색의 시대 뜻이 중대하다.
황 지 시 의 대 의

[附錄 3]

上試[1] 李憲稙
副試[2] 金明熙 益山倅
參試[3] 申永均 鎭安倅

九月授衣 賦[4] *

冬一裘而夏葛[5] 겨울에는 하나의 외투로 하고 여름에는 갈옷이니
동 일 구 이 하 갈

際肅霜[6]而日候 된서리 올 즈음 날씨로다.
제 숙 상 이 일 후

入一成而晦昏 一成[7]에 들어가서는 날 어두워지고
입 일 성 이 회 혼

服爲章[8]而領要[9] 옷 장식을 하여 중요한 것이네.
복 위 장 이 령 요

---

* 南唐의 父親, 朴昌淳 公의 丁亥年(24세의 科試 答案이다.
1) 上試- 科擧 試官의 우두머리 이헌직.
2) 副試-上試 다음가는 試官 김명희 익산군수
3) 參試-參試官 신영균 진안군수
4) 詩經 豳風 七月篇에 나오는 말. 參照
七月流火 칠월(夏曆에 火星(大火心星이 서쪽으로 기울면
[九月授衣]- 九月에 추위 날 옷을 만들어 주느니라.
九月이 되어 찬바람이 일면 옷을 내려 추위를 나게 함.
5) 夏葛冬裘-여름에는 서늘한 옷과 겨울에는 따뜻한 옷. 격에 맞음.
6) 肅霜-된서리. 嚴霜
7) 一成- 한 벌 만듦. 한차례, 한번.
8) 服章-王 이하 諸侯의 公服에 장식한 무늬.
9) 領要-벼리가 될 만한 중요한 골자나 줄거리. 요점을 거느림. 일을 하는데 꼭 필요한 묘한 이치. 적당히 해 넘기는 잔꾀.

一之三而四之　一之日[10]에 觱發[11]하고
일 지 삼 이 사 지

曰所授而盍諸　주는 바가 어찌 모두에게 아니겠나?
왈 소 수 이 합 제

擬舊制之一篋　옛 제도의 한 상자에 추측하면
의 구 제 지 일 협

際秋涼而初度　가을의 서늘할 즈음　맨 처음 닥치는 차례로다.
제 추 량 이 초 도

中於四而第九　사계절에 맞고서 구월이니
중 어 사 이 제 구

豈曰無乎備衣　어찌 갖춘 옷이 없다고 하랴.
기 왈 무 호 비 의

星一躔而霄虛　火星이 한번 기울면 하늘이 비고
성 일 전 이 소 허

蚕百繅而春青　누에쳐 백번 실 뽑으니 봄이 한창이구나.
천 백 소 이 춘 청

占百候而亦吉　여러 節候를 점쳐도 또한 길하니
점 백 후 이 역 길

宜莫如於豳章　마땅히 豳風章 만한 것이 없구나.
의 막 여 어 빈 장

流火後而披帳　火星이 서쪽으로 기운 뒤 휘장을 헤치고
유 화 후 이 피 장

---

10) 一陽의 날. 1년 12월을 周易의 卦에 맞춘 것으로 冬至에 陽爻 一하나가
처음 생기기 때문에 동짓달을 가리킴.
二之日(二陽의 날에는 栗烈(기온이 차갑고하나니
無衣無褐-(옷 없고 갈옷 없으면이면
何以卒歲-(어떻게 해를 마치리오리오.
三之日(三陽의 날에 于耜-(쟁기 수선하고
四之日(四陽의 날에 擧趾(발꿈치 들고 밭 갈러 가거든어든
同我婦子하여-우리 처자식과 함께하여…
11) 바람 차갑고.

時維九而冷回　때는 오직 구월로 추위 돌아오네.
시 유 구 이 냉 회

殷仲季而分命　殷나라는 仲季[12]로서 분수와 운명으로 하고
은 중 계 이 분 명

夏五六而相濟　夏나라는 五六으로 서로 구제 하였네.
하 오 육 이 상 제

循其序而撫辰　그 철이 바뀌는 순서를 따라서 날을 살피고
순 기 서 이 무 진

今日授乎在玆　오늘 여기에 있어 주는구나.
금 일 수 호 재 자

繡何純於紅紫　수놓은 것이 어찌 붉고 자주 빛 보다 순전하며
수 하 순 어 홍 자

麻已黃於場圃　삼은 이미 場圃[13]에 누렇구나.
마 이 황 어 장 포

適以體而時宜　몸에 맞고 때에 마땅하니
적 이 체 이 시 의

盍曰授而斯歟　어찌 만들어 주어서 이런 것 아닌가.
합 왈 수 이 사 여

制七節[14]而二縮　일곱 마디를 마름하여 둘로 줄이고
제 칠 절 이 이 축

數五采而四餘　五采[15]를 셈하니 四餘[16] 같도다.
수 오 채 이 사 여

所以合於風人　그래서 風人[17]에 합하니
소 이 합 어 풍 인

---

12) 중간과 끝.
13) 場圃-봄, 여름에 채소를 심었던 곳을 가을, 겨울에 곡식을 타작하는 마당으로 사용함.
14) 七節-일곱 마디. 화살.
15) 五采-五色. 五彩. 靑. 黃. 赤. 白. 黑. 여러 가지 색깔.
16) 四餘-紫氣, 月孛, 羅睺, 計都의 四星. 실제 존재하는 별은 아니며, 어떤 특정한 위치에서 규칙적으로 운행한다고 보는 가상적인 천체의 위치변동에 착안한 것임.
17) 風人-詩人.

不亦宜乎朞周　　또한 朞周[18]에 마땅하구나.
불 역 의 호 기 주

鶉玄百而分度　　백번 헤어지고 검어도 일정한 정도라
순 현 백 이 분 도

是月也而以授　　이 달에 또한 받게 되었네.
시 월 야 이 이 수

入秋凉而績凝　　가을의 서늘한데 들어와서 길쌈을 맺으니
입 추 량 이 적 응

況曰服之無斁[19]　　하물며 입고서 싫음이 없다 하네.
황 왈 복 지 무 두

在白金而軸璇　　은빛은[20] 베틀에 있고
재 백 김 이 축 선

下玄裳而皐鶴　　검은 치마는 언덕의 학 앉았네.
하 현 상 이 고 학

嗟我朱而孔陽　　아아! 우리 붉은 색이 심히 밝고 고우니
차 아 주 이 공 양

菊有華而桐始　　국화는 화려함 있고 오동은 처음 소리하네.
국 유 화 이 동 시

錫貢州而辨九　　고을에 바치며 아홉으로 구분하며
석 공 주 이 변 구

在王家而曆數[21]　　王家에 있어선 절기의 돌아감이네.
재 왕 가 이 역 수

立束帶而經緯[22]　　띠를 묶고 서서　다스려 바로잡고,
입 속 대 이 경 위

---

18) 일년 주기.

19) 服之無斁(복지무역-詩 周南 葛覃.
爲絺爲綌　고운 갈포 거친 갈포 짜서
服之無斁　입음에 싫음이 없구나.(입고서 좋아한다

20) 五行의 金.

21) 曆數-天命을 받고 帝位에 오름. 절기의 돌아감. 자연이 정해진 운명.

22) 經緯-일의 시작과 끝. 사물의 골자. 縱橫으로 묶음. 다스려 바로잡음.

建寅申[23]而縮盈　寅坐申向의 축을 세워서 줄이고 채우네.
건 인 신 　 이 축 영

固玆蹟之必修　진실로 이 자취를 반드시 닦으니
고 자 적 지 필 수

矧厥評之得正　하물며 그 평하는 것이 바름을 얻었구나.
신 궐 평 지 득 정

仰先哲於玄訓　先哲의 깊은 가르침을 우러러보고
앙 선 철 어 현 훈

作後人於青史　뒷사람을 靑史에 적네.
작 후 인 어 청 사

自今來則上項　지금으로 부터면 으뜸 항목이요
자 금 래 칙 상 항

耿吾得此中情　내 얻음이 빛나 이 뜻에 맞구나.
경 오 득 차 중 정

三其復而永嘆　세 번 그것을 반복하여 길이 탄복하고
삼 기 복 이 영 탄

一以觀夫奧旨　한결같이 깊은 뜻을 보는구나.
일 이 관 부 오 지

言昭昭而論今　말은 밝고 밝아 이제에 논하고
언 소 소 이 론 금

事章章[24]而稽古　일이 밝고 밝아 옛날을 상고하네.
사 장 장 　 이 계 고

陳旣往而可復　이미 지나간 것을 베풀어 회복하고
진 기 왕 이 가 복

越若徠而疇比　오는 것을 넘어 지난번에 견주어보네.
월 약 래 이 주 비

言旣著於九邱　말은 이미 九邱[25]에 나타나니
언 기 저 어 구 구

---

23) 寅申-寅坐는 申向.
24) 章章-彰彰.
25) 九邱-八索九邱의 준말-古典.

事可攷於百代　일은 百代에 고찰할 만하구나.
사 가 고 어 백 대

含胚初而奧理　事物의 始初를 머금어 이치를 깊이 하였고
함 배 초 이 오 리

射眉前而圓旨　눈썹 앞을 취하여 뜻을 원만히 하였네.
사 미 전 이 원 지

熿緯闢而俯視　빛나게 씨줄을 열어 구부려 보고
황 위 벽 이 부 시

敻其默而潛周　그 묵묵함을 빛나게 하여 주루 잠겼네.
형 기 묵 이 잠 주

非徒美於一旹　한갓 한 때에 아름다움이 아니라,
비 도 미 어 일 시

永有辭於千祀　길이 천년에 말이 있으리라.
영 유 사 어 천 사

[附錄 4]

蓋麟云[1]賦 *
<대개 麒麟이라고 한 賦>

蓋以取諸象云 대개 형상에서 취하여 보건대,
개 이 취 제 상 운

聖治侔於庖犧 성스러운 다스림은 伏羲氏와 견줄 만하였다.
성 치 모 어 포 희

膺一千之運者 일천년의 운수를 품고서,
응 일 천 지 운 자

長三百之羣乎 삼백의 무리 중에 으뜸이었다.
장 삼 백 지 군 호

玄枵降於夕畤 玄枵[2]가 저녁에 제터[3]에 강림하면,
현 효 강 어 석 치 　 현 효

有物有物麟云 동물 중에 기린이 나타난다.
유 물 유 물 인 운

撟非常之厥瑞 비상한 그 祥瑞로움을 두고서,
교 비 상 지 궐 서

諸未定於其言 그 명칭을 밝게 정하지 못하였다.
제 미 정 어 기 언

祥之出也不恒 祥瑞로움의 출현은 항상 있는 것이 아니지만,
상지출야불항

---

* 南唐의 父親, 朴昌淳 公의 辛卯年(28세의 科試 答案이다.

1) 蓋麟云: 『史記』「孝武帝本紀」에 나오는 말로 武帝가 雍 땅에서 郊祀를 지내고 一角獸를 잡았는데 고라니와 흡사하였다. 이에 有司가 말하기를 "陛下께서 郊祀를 엄숙히 지내심에 上帝가 보답하여 一角獸를 내려주었으니 <대개 麒麟이라 합니다.(蓋麟云>"라고 하였음.

2) 玄枵: 별 이름인데 麒麟을 지칭하기도 함.

3) 원문의 <畤>는 고대 帝王이 天地와 五帝에게 제사를 드리는 장소임.

蓋有麟則云麟　대개 기린이 있게 되면 기린이라 하였다.
개 유 인 칙 운 린

遊軒囿而史傳　軒轅의 동산에 노닌 것은 史官이 전하였고,
유 헌 유 이 사 전

出魯郊而人問　魯나라 郊外에 나타나자 사람들이 물었다.
출 로 교 이 인 문

今天子惟聖明　이제 天子께서 성스럽고 현명하니,
금 천 자 유 성 명

若有物於可致　祥瑞로움을 드러낼 만한 동물이 있을 듯하다.
약 유 물 어 가 치

郊雍夕其獲獸　雍땅에서 郊祀를 지내고 저녁에 짐승을 잡았는데
교 옹 석 기 획 수

衆皆視而莫知　뭇 사람이 모두 보아도 알 수가 없었다.
중 개 시 이 막 지

將曰麕而角一　노루라고 말하자니 뿔이 하나 있고,
장 왈 균 이 각 일

或言馬而蹏五　말이라고 하자니 발굽이 다섯 개였다.
혹 언 마 이 제 오

以其類而觀之　그 생긴 유형으로 본다면,
이 기 류 이 관 지

獸則獸而非他　짐승은 짐승인데 다른 것은 아니었다.
수 칙 수 이 비 타

參四靈而有一　네 가지 신령한 짐승[4] 중에 하나이니,
참 사 령 이 유 일

似或然者麟耶　혹 그렇게 유사한 것은 기린인가!
사 혹 연 자 린 야

在鄒傳焉類也　孟子 책에서는 짐승의 類에서 특출한 것이라 했고[5]
재 추 전 언 류 야

---

4) 기린 봉황 거북 용을 지칭함.

5) 『孟子』「公孫丑」 상편에 <麒麟之於走獸 -- 類也 -- 出於其類 拔乎其萃>라는 말이 있음.

著葩經曰嗟兮　詩經에서는 <아! 기린이여[6]>라고 하였다.
저 파 경 왈 차 혜

此奚宜而至哉　이것은 무엇을 마땅히 여겨 이르렀을까,
차 해 의 이 지 재

物則非其凡類　짐승으로는 범상한 종류가 아니었다.
물 칙 비 기 범 류

於斯時而幸出　이때에 요행히 출현했으니,
어 사 시 이 행 출

非厥麟而何乎　그 기린이 아니고 무엇이란 말인가!
비 궐 린 이 하 호

其爲形也不類　그 형상은 同類가 아니니,
기 위 형 야 불 류

之於走而于嗟　달리는 짐승 중에 아! 기린이로다.
지 어 주 이 우 차

太史筆於博物　太史가 博物志에 기록하면서,
태 사 필 어 박 물

以盖字而究義　대개 盖字로써 의미를 풀이하였다.
이 개 자 이 구 의

人未畜於厥靈　사람들은 그 신령한 짐승을 키울 수 없으니,
인 미 축 어 궐 령

世徒知其爲仁　단지 그것이 어진 짐승이라고 만 알고 있다.
세 도 지 기 위 인

謂之祥也亦宜　祥瑞롭다고 이른 것은 또한 마땅하니,
위 지 상 야 역 의

執麟經而詳言　『春秋』를 읽어보면 상세히 기록되어 있다.
집 린 경 이 상 언

紛旣有此內美　이미 이러한 내면의 아름다움을 지녔으니[7],
분 기 유 차 내 미

以其麟而云云　그 기린이라고 운운한 것이다.
이 기 린 이 운 운

---

6) 『詩經』 「周南」 <麟之趾>편에 <于嗟麟兮>란 말이 있음.
7) 원문의 <紛旣有此內美>는 屈原의 『離騷經』에 나오는 말임.

名在玆而物玆 이름이 이에 있고 짐승이 이에 있으니,
명 재 자 이 물 자

豈不然乎其然 그 그러함이 어찌 그렇지 않겠는가!
기 불 연 호 기 연

非徒形之異諸 단지 형상이 특이할 뿐만 아니니,
비 도 형 지 이 제

亦有德之稱者 또한 德을 지닌 것을 일컬은 것이다[8].
역 유 덕 지 칭 자

象有齒而虎文 코끼리는 象牙가 있고 호랑이는 文彩가 있는데,
상 유 치 이 호 문

至於角則初覩 하나의 뿔을 가진 짐승은 처음 보는 것이다.
지 어 각 칙 초 도

汾得鴈而已知 汾水에서 기러기를 잡았다는 일은 이미 알고 있고[9],
분 득 안 이 이 지

苑有鹿而何恠 동산에 사슴이 있는 것도 어찌 이상하겠는가!
원 유 록 이 하 괴

爲其靈也孔昭 그것은 신령함이 심히 명백하니,
위 기 령 야 공 소

斷以言則而已 기린이라고 단언한 것이다.
단 이 언 칙 이 이

陳其往而可復 그 지나간 일을 진술하여 설명하니,
진 기 왕 이 가 복

越若徠而疇比 아! 이를 무엇에 비하겠는가!
월 약 래 이 주 비

---

8) 『詩經』「周南」<麟趾>편의 註에 보면 기린은 노루의 몸에 소의 꼬리와 말의 발굽을 하고 있으며 살아있는 풀과 벌레를 밟지 않는다고 하였음.

9) 金나라 元好問이 기러기를 매장해준 <雁丘>의 故事가 있음. 元好問이 幷州로 과거를 보러 가다가 기러기 잡는 사람을 만났는데 그가 하는 말이 <오늘 아침 기러기 한 마리를 그물로 잡아 죽였다. 그런데 다른 한 마리가 그물을 빠져나가 달아나지 않고 슬피 울더니 머리를 땅에 부딪쳐 스스로 죽었다.> 하기에 元好問이 그 죽은 기러기를 돈을 주고 사서 汾水 가에 묻어주고 <雁丘詞>란 글을 지었다고 함.

讀汗靑而引白 독 한 청 이 인 백	지난 역사를 읽고서 인용하여 아뢰니,
允塵邈而難虧 윤 진 막 이 난 휴	참으로 오랜 세월이 흘러도 없어지지 않았다[10].
不期然而然者 불 기 연 이 연 자	그러함을 기약하지 않아도 그렇게 된 것이고,
莫可致而致之 막 가 치 이 치 지	이루려고 아니해도 이루어진 일이다.
維羊一而牛一 유 양 일 이 우 일	이에 양 한 마리 소 한 마리를 잡아서,
以肅祗於上帝 이 숙 지 어 상 제	엄숙하고 공경히 상제에게 바쳤다[11].
故報應之昭著 고 보 응 지 소 저	그러므로 보답하여 응함이 밝게 드러났으니,
出凡彙而拔萃 출 범 휘 이 발 췌	범상한 천자 중에 출중한 업적을 이루었다.
迨後辰而復圭 태 후 신 이 복 규	이는 후세에 거듭 반복하여 음미할 일이기에,
賦一篇而三吁 부 일 편 이 삼 우	한 편의 賦를 지으면서 세 번 거듭 탄식한다.

10) 원문의 <允塵邈而難虧>는 後漢 張衡의 「思玄賦」에 나오는 구절임.
11) 漢나라 武帝가 雍 땅에서 一角獸의 麒麟을 잡은 후 다섯 제터(五時에 소 한 마리씩을 받쳤다고 함.

『咸陽朴氏世稿』解題

默坡묵파 姜信雄강신웅

이 책은 전라남도 영광군 군서면에 세거하였던 함양박씨 문중의 시와 주변인들의 시문을 모은 것이다.
먼저 그 세계世系를 보면, 가장 이른 시기에 박태석(朴泰錫, 1847.9.23.~1921.10.4)이 남죽리에서 태어났다. 박태석의 자는 천수天壽이고, 호는 남호南湖이다. 남호는 부인 파평윤씨坡平尹氏와의 사이에 아들 창순昌淳을 두었다.

창순(1864.2.24.~1918.10.24)의 호는 춘석春石이며, 부인 전의이씨全義李氏와의 사이에 2남 2녀를 두었는데, 아들은 동찬東贊과 동계東烓, 사위는 심양준沈宜峻과 이공신李恭信이다. 또 두 번째 부인 영광정씨靈光丁氏와의 사이에 2남 1녀를 두었는데, 아들은 동옥東玉과 동하東河, 사위는 이문룡李文龍이다. 맏아들 동찬(1885.8.27.~1955.9.23)의 호는 남당南塘이며, 부인 진주강씨晉州姜氏와의 사이에 2남 1녀를 두었는데, 아들은 종희琮熙와 관희琯熙, 사위는 김영대金永大이다.

종희(1911.7.26.~1991.6.8)의 호는 서계西溪이며 4남 5녀를 두었는데, 아들은 용기用基, 용배用培, 용만用晩, 용집用集이며, 사위는 김관진金官鎭, 이현준李鉉準, 정성하丁聲夏, 한태수韓泰洙,

김영치金永治이다. 관희는 4남 1녀를 두었는데, 아들은 용화用華, 용석用淅, 용천用釧, 용담用淡이고, 사위는 최정주崔正朱이다.

본서에 실린 작품을 보면, 남호의 시 14제 16수, 춘석의 시 4수, 남당의 시 27제 29수, 서계의 시 5수가 있고, 남호 사후에 그의 영위를 모신 궤연에 올려진 시 1제 4수, 남당의 회갑연에서 지어진 시 16수, 그리고 노사蘆沙 기정진(奇正鎭, 1798~1879이 강학하던 고산高山의 담대헌澹對軒에서 결성된 시회詩會인 풍영계風詠契에서 지은 시고의 서문인 「풍영계시고서風詠契詩稿序」와, 남당이 지은 남당정사의 기문인 「남당정사기南塘精舍記」 등 2편의 산문이 있고, 함양박씨 문중에서 수신한 것으로 보이는 20편의 간찰이 있다. 도합 74수의 시와 22편의 산문이 실려 있는 것이다.

남호의 시 중에는 인생을 노래한 것도 있고, 사물을 노래한 것도 있다. 특히 <바둑>이나 <장승>, 또는 <자전거> 같은 작품은 일상의 사물을 자세히 관찰하고 시화하였고, <취객>이나 <게으른 아낙> 같은 작품은 해학이 담겨 있다. 72세 때 실명한 후 신세를 한탄하면서 지은 시는 진한 감동을 불러일으키기 충분하다. 남당의 시를 보면 매우 활동적이었고 교유 관계도 넓었을 것으로 짐작된다. 또 두 분의 시에서 사용되고 있는 용어를 보면 인용한 전거典據가 매우 광박廣博하여 학문의 깊이를 짐작할 수 있다.

서문 1편과 기문 1편은 남이 지은 것이지만, 이 글을 통해서 남당의 학문과 풍류를 엿볼 수 있다. 간찰 20편은 수신자가 누구인지 분명치 않지만, 내용으로 미루어 볼 때 남당이 받은 것이 많은 것 같다. 특히 서계의 사돈으로 보이는 사람에게서 온 편지도 많은데, 이는 다시 한 번 자세히 따져 볼 필요가 있다. 또 옛날에는 편지를 쓴 시기를 간지로 표시하였기 때문에 수신자를 특정해야만 비로소 정확한 연대를 알 수 있을 것이다. 이 또한 차후의 과제로 남겨둔다.

이 세고世稿가 만들어질 수 있었던 것은 무엇보다도 선대의 글을 편언척자片言隻字라도 소홀히 하지 않고 소중히 간직해 온 후손들의 공이 매우 크다.

특별히 서계西溪 선생의 아드님인 용배用培 님의 초세적超世的인 천년효심千年孝心에 또 한 번 크게 감동하는 바이다. 이렇게 선조를 존숭하고 사모하는 마음은 오늘날 많은 사람의 본보기가 될 것이다.

庚子年 丁月

[원시제목 찾아보기]

남당 박동찬 묘비

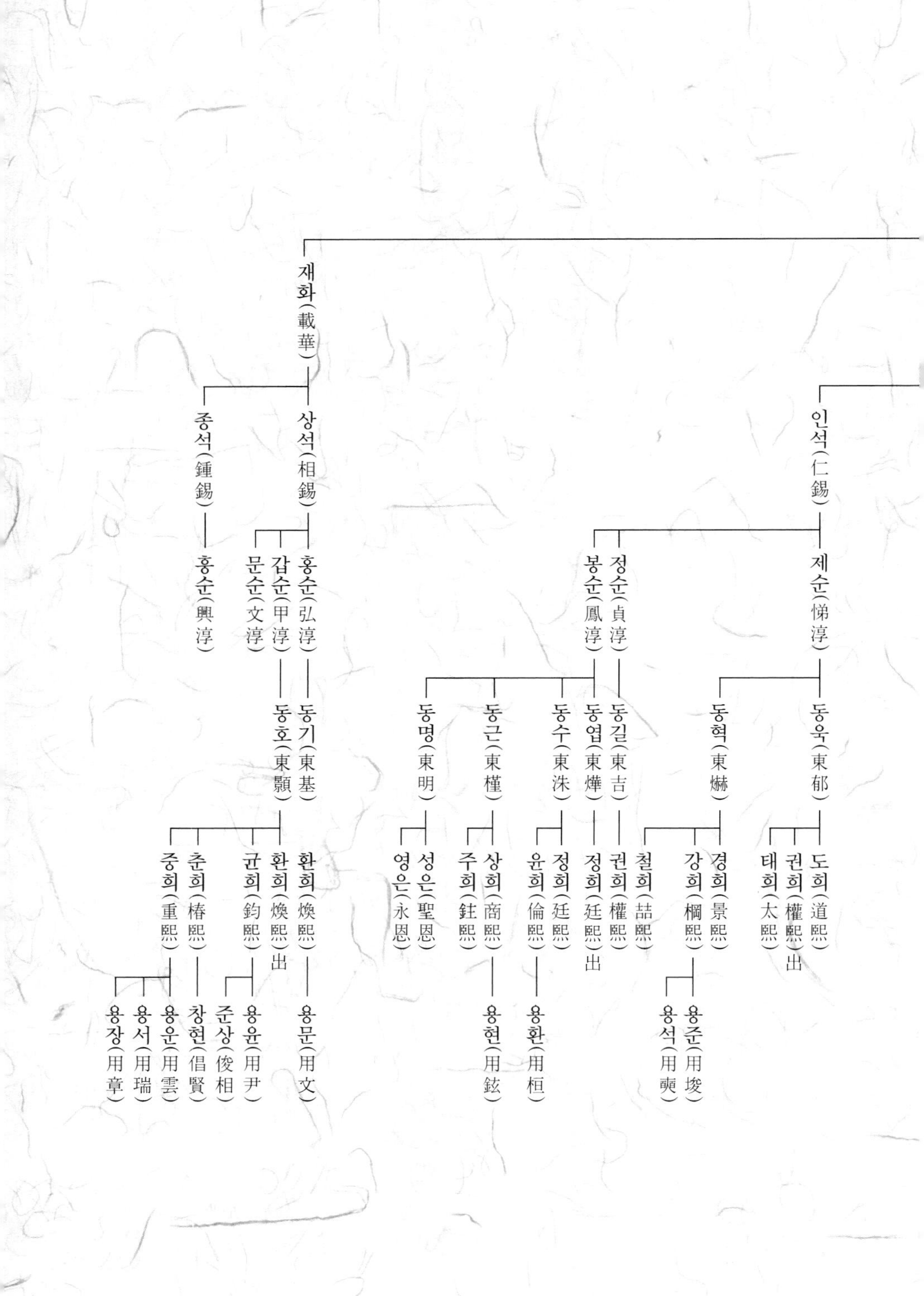

인석(仁錫)
제순(悌淳)
정순(貞淳)
봉순(鳳淳)
동욱(東郁)
동혁(東爀)
동길(東吉)
동엽(東燁)
동수(東洙)
동근(東槿)
동명(東明)
도희(道熙)
권희(權熙)出
태희(太熙)
경희(景熙)
강희(棡熙)
철희(喆熙)
권희(權熙)
정희(廷熙)出
정희(廷熙)
윤희(倫熙)
상희(商熙)
주희(鉒熙)
성은(聖恩)
영은(永恩)
용준(用埈)
용석(用奭)
용환(用桓)
용현(用鉉)
재화(載華)
상석(相錫)
종석(鍾錫)
홍순(弘淳)
갑순(甲淳)
문순(文淳)
홍순(興淳)
동기(東基)
동호(東顥)
환희(煥熙)
환희(煥熙)出
균희(鈞熙)
춘희(椿熙)
중희(重熙)
용문(用文)
용윤(用尹)
준상(俊相)
창현(倡賢)
용운(用雲)
용서(用瑞)
용장(用章)

【영광 군서 남죽리 선대계보】

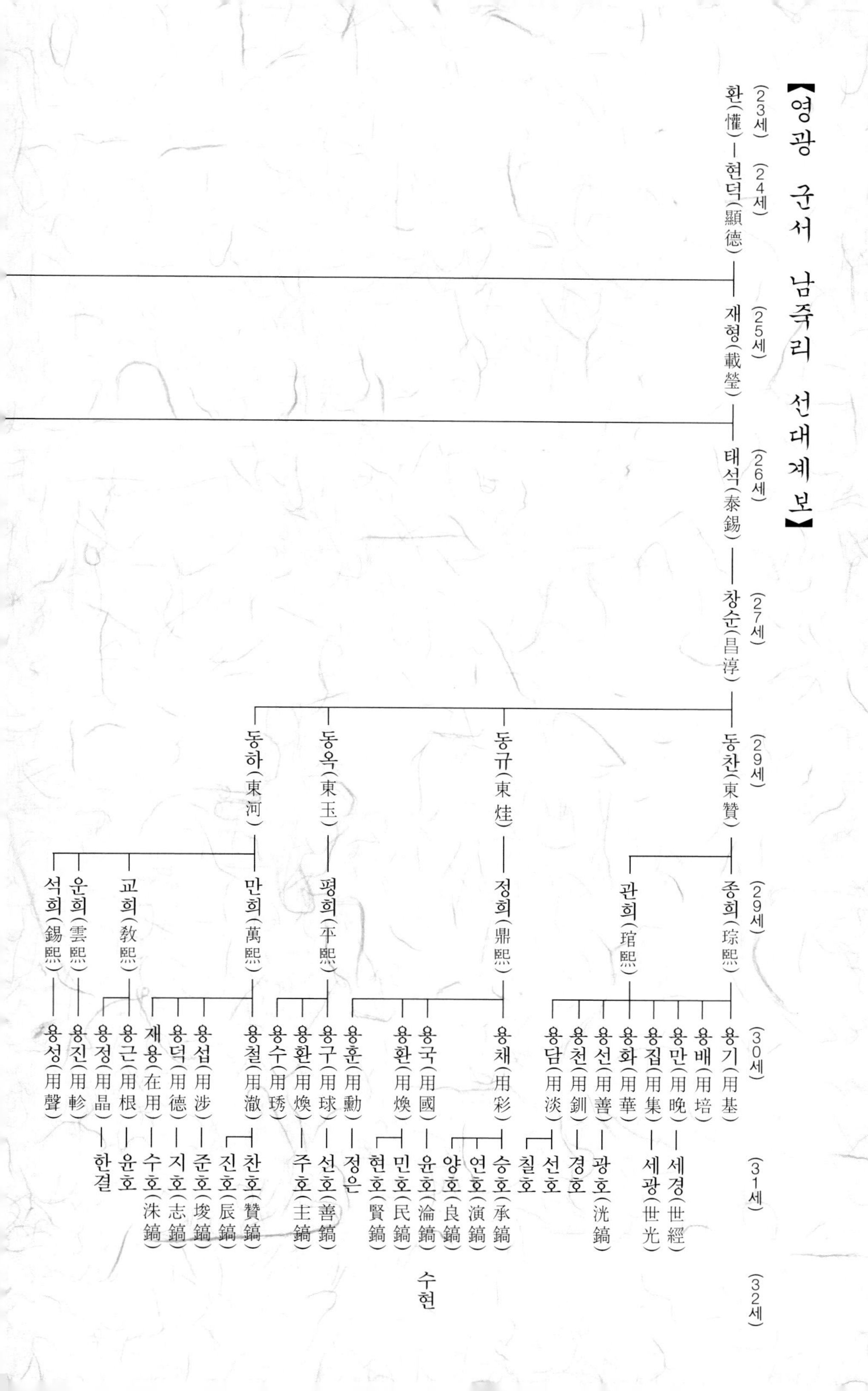

南湖遺稿 詩

次省岩原韻 今酧長面石田吳孝子俊汝

天生至孝ㄷ純成 難用詩章盡發明 廬幕終朞癯立骨
經衰因夜哭吞聲 頹綱半世人皆濁 執禮萬門子弟清
墓下盤ㄷ岩石在 時ㄷ省拜以爲名

次雲菴韻 今佛甲面雲堤姜聃秀

讀書講禮友先賢 樂在山林不用仙 猿鶴無驚忘俗世
薦魚有理察機天 子孫述作先生戶 賓客歡欣酒釀泉
一片野心雲共任 籠ㄷ精采日悠然

秋日偶成

黃花堪笑白頭儂 無數金錢帶晚容 幽屋被雲同鶴宿
前溪籠月伴人從 耕牟餘備明年計 納稻推碁豈從壽

奉敍林碩士于登臨齋

君我相逢盡少年
若斯知己別無前
南道出遊閱歲月
北山歸臥好風烟

過新鳳亭

錦西別有洞中天
山水元來不讓先
蘂香濃散欲蘇病
詩話轉清仍不眠

三月晦日

問雨春去假耶眞
檻外江流有旅人
殘雲鳥宿青山靜
晩雨花能白屋貪

藻香方暖煎新綠
桑葉漸抽蠶細眠
庭除看有梧桐在
願借後來琴一邊
竹覓聲長添夜雨
蘭燈影晩繞晨烟
鳳待朝陽亭下在
姜君他日擅芳年
玉燭來逢開歲夜
金罍送別叩鍾晨
滴漏聲休鷄叫亂
曙窓終不脫衣巾